ブリザード・フラワー

ハルキ文庫

JN118626

角川春樹事務所

ブリザード・フラワー

目次

序章　事件群

事件9　五月　東京都港区

朝のラッシュアワーの混雑具合は、新型コロナウイルス感染症のパンデミック前ほどではないものの、それに近いところまで戻ってきている。朝だというのに既《すで》に疲れ果てた藤《ふじ》松《まつ》はスマートフォンをスーツの内ポケットに仕舞い、気晴らしにと首を捻《ひね》って外の様子を見ようとしたが、隣の乗客に迷惑かもしれないと考え直した。

目の前に立つ乗客たちは一様に眉間《みけん》に皺《しわ》を寄せ、何かに耐えるような顔をしている。他のことを考えよう。藤松は、仕事のことを考え始めた。が、今日の最初の仕事が、十時から始まる営業会議であることを思い出すと、余計に気が滅入《めい》ってきた。

藤松が勤務するのは、不動産商品を扱う中堅企業。所属は、インサイドセールス部門。そして、藤松の最近の成績は芳しくない。

きりきりと胃が痛む。このまま乗り過ごして遠くに行ってしまいたい。はあっと溜息《ためいき》を吐《つ》いたその時、藤松の左側に座っている老人が派手なくしゃみをした。藤松の顔に、老人のくしゃみがまともにぶつかる。マスクを上から手で押さえてくしゃみをしたので、行き場を失《な》くしたくしゃみの中身がマスクの横から勢いよく全部抜け、藤松の顔に当たったのだ。かなり強い風圧。

咄嗟《とっさ》に顔を背けたがもう遅い。微細な唾液《だえき》や痰《たん》の欠片《かけら》に混じり、新型コロナウイルスやインフルエンザ、あるいは別の病原菌が大量に藤松の目や唇に付着したかもしれない。いや、それ以前に、不快極まりない。

「ちょっと、あなた」思わず声を出してしまう。「くしゃみ、全部私の顔にかかりましたよ」

老人は藤松を一瞥《いちべつ》すると、何ごともなかったかのようにまた前を向いた。

「せめて一言くらい、『すみません』とか言ったらどうですか」

藤松がそう言うと突然、何かのスイッチが入ったかのように老人が激昂《げっこう》する。

「マスクしているんだからいいだろう。不愉快な」

「不愉快なのはこっちです。マスクしてるんだったらわざわざ手で押さえなくてもいいじゃないですか。押さえるから、横から漏れ出るんです」

「神経質すぎるよ、馬鹿野郎」

目の前に立っている女性やその周囲の乗客が、不穏な空気に後ずさる。

「あなたが無神経すぎるんです」

「黙れ」老人の大声。「目上に向かって、なんて口のきき方だ」

「目上？　つまり『敬うべき人』ってことですか？」藤松が言い返す。このあたりで抑えなければならないのはわかっているが、今日は何故《なぜ》か抑制が効かなくなっている。通勤《つうきん》鞄《かばん》に入っている、あの鋼鉄の道具のせいだろうか。

「人の顔にくしゃみの飛沫《ひまつ》を浴びせておいて、神経質だのなんだの言う人間を敬おうとは思いませんね」

そう言い捨てた時、列車が品川《しながわ》駅に到着するというアナウンスがあった。

人に対する文句をこうして声に出すのは、案外すっとするなと藤松は思った。もっと続けてもいいが、品川駅で降りなくてはならない。

「このくらいで終わりにしてあげますけどね、今後気を付けた方がいいですよ。いい大人が、恥ずかしい」

言い捨てて席を立とうとした藤松の袖《そで》を、怒りに顔を赤くした老人が掴《つか》んだ。「待て。勝手に行くな」

振りほどこうとしたが、案外力が強い。やばい、品川駅で降りそびれたら、営業会議に遅刻する。成績不振の自分が一人だけ遅れて会議室に入るところを想像すると、ぞっとした。

「放してください」

振りほどこうとしたら、通勤鞄が床に落ちた。

「馬鹿者」再び老人の大声。「誰《だれ》がお前らの世代を育ててやったと思ってるんだ」

頭の中で何かが炸裂《さくれつ》した気がした。目の前の老人は七十代後半あたり、団塊の世代だ。戦後、昭和一桁《けた》世代と焼け跡世代がようやく復興させた日本を革命ごっこで破壊しようとし、親が死ぬ思いで貯《た》めた現金をバブル経済の中で玩具《おもちゃ》にした挙げ句、経済を死に追いやった世代。そのあおりを食らった藤松の世代は就職もままならず、『就職氷河期世代』と終生、いや、未来永劫《えいごう》呼ばれ続ける羽目になった。それでも、団塊の世代の延命のために、おれたちの世代は結婚資金すら貯める余裕もない中で国民保険やクソ高い税金を払っている。そのおれに、なんという言い草だ。

浅い夢を見始めたときのように、藤松の頭の中が白い霧のようなものに覆われた。その中に、これまでのさまざまなことが見え隠れする。就職浪人時代。薄い封筒で郵送されてくる、数えきれないほどの不採用通知。やっと入社出来た会社が倒産したときのこと。待遇は悪いが、今の会社に入れたときのこと。慣れない営業職。電話越しの罵声《ばせい》。悪質なクレーム。針の筵《むしろ》の営業会議。

目の前の老人が、世の中の悪の代表に見えてきた。成敗しないと。老人の手を力任せに振りほどき、床に落ちた通勤鞄を開けて取り出したクッション封筒に手を入れる。

成敗しないと。

封筒から出てきた藤松の右手に握られているのは、一挺《ちょう》のリボルバー拳銃《けんじゅう》だった。周囲の乗客がひっと息を呑《の》んで後ずさり、藤松の周囲にドーナツ状の空間が出来る。

今朝、マンションのドアの前に〝置き配〟されていたクッション封筒。ずしりと重いその中身が、この拳銃だった。

『お役に立つと思います』

そう書かれたメモが同封されていた。本物かどうかわからないが、藤松にとっては会社に時間通りに行く方がはるかに重要だ。警察に届けるかどうかは、会社で仕事が一段落してから考えよう。そう思って鞄に入れて持ってきた。

頭の中の白い霧がどんどん広がっていく。藤松の手がそれと意識しないまま上がり、銃口が老人の胸を向く。

成敗しないと。

成敗しないと。

「何だ、それは。いい歳《とし》をして玩具遊びか」吐き捨てるように言う老人。

子供の頃《ころ》に遊んだ火薬式の拳銃の玩具では親指でハンマーを上げてからトリガーを引いていたな——頭の隅で思い出すと、それだけで親指が勝手に動き、ハンマーが上がる。

成敗しないと。人差し指がトリガーを引いた。

乾いた破裂音。一瞬遅れて老人の胸に穴が開き、服の生地ごとぼこりとへこむ。

乗客の悲鳴。ちょうどその時、電車が品川駅に到着した。開いたドアから乗客たちが我先に周囲を押しのけてホームに逃げる。

藤松は銃を構えたまま、動かなくなった老人のシャツの血の染みがみるみる広がっていくのを呆然《ぼうぜん》と見ていた。

やってしまった。

我に返る。どうしよう――考えて答が出るものではない。身体《からだ》が急激に冷え、汗の染みの冷たさにぶるっと震える。

乗客は逃げ続けている。転倒した者が踏みつけられ、その骨がぼきぼきと折れる音が聞こえてくる。

ホームドアが設置されていなかったら、プラットフォームの反対側から何十人もの乗客が線路に落ちたことだろう。そのプラットフォームから、何が起こったのか知らない新しい乗客が入ってくる。彼らは藤松の手にある拳銃と、血を流して動かない老人を見て悲鳴を上げると大慌てで逃げ出そうとする。しかし後から後から押し寄せる人の波に押し返され、戻ることが出来ない。

非常ベルが押され、電車はドアを開けたまま待機する。

藤松はふらふらと電車から降り立とうとする。プラットフォームから逃げられない乗客は少しでも藤松から離れようと、人ごみの中でひたすらもがいている。その様子は藤松に、罠《わな》の籠《かご》から出ようともがく無数のドブネズミを連想させた。

花道のように空いた空間に足を踏み出そうとしたとき、防弾盾を構えた鉄道警備隊が、逃げる人波に逆らいながら階段を駆け下りてくるのが見えた。

　足を止める。

「ゆっくりと銃を床に置け！　抵抗すれば撃つ！」隊員が、防弾盾の覗《のぞ》き窓越しに怒鳴る。

どうしよう。

　再び真っ白になりかける意識の中で、今何を話して何をするべきか模索する。

　説明しなきゃ。営業会議で言い訳をする、あの要領で。話せばわかってもらえる。

「この拳銃、私のではなくて――」

　笑顔を作り――笑顔になっているかわからないが――銃を相手によく見てもらおうと、トリガーに人差し指を掛けたまま右手を上げた途端、目の前の数人の隊員が構える拳銃から爆竹のような破裂音が聞こえた。

　いくつもの熱い何かが身体中にめり込む感覚に、息が詰まる。

　たちまち遠くなる聴覚の中に、群衆のどよめきと悲鳴。

　視界の中で風景がぐるりと回転し、すぐに暗転した。

事件17　六月　東京都杉並区

　勉《つとむ》は顔を上げ、高校受験用参考書とＰＣスクリーンとプリントの間を行き来させていた目を休ませた。

時計を見ると夜中の二時。塾から戻ったのが二十三時くらいだったので、かれこれ三時間くらい、とんでもない量の宿題にかかりっきりになっていたことになる。問題はまだまだ残っているので今夜は徹夜か、よくて一時間くらいは眠れるかどうか。

塾の他の生徒たちもこうして睡眠時間を削って宿題をしているのかな。いや、もっと効率よくやってそうだな、あいつらは。要領が良くてずる賢い、テレビや映画に出て来る嫌な大人の小型版みたいな連中。

分厚いレンズの入った重い眼鏡を外してレンズを拭《ふ》き、また掛ける。

部屋の隅に畳まれた布団を、どうしても見てしまう。宿題を全部終えて、全部見直しが終わらないと、今夜あの布団を広げる〝資格〟をもらえない。

小学校の頃からずっと、習いごとと塾通いと深夜までの勉強。小学生の頃は時々、眠気に勝てなくて布団も広げずその上にもたれかかるように眠ってしまうことがあった。そんな時にぼくを揺り起こして、再び机に向かわせるのは母さんの役目だ。ていうか、母さんはそう信じている。

初夏だというのに、気分が上を向かない。毎日大量に出される宿題のプリントが机の端に山積みになっているのを見ると、溜息が出る。

いつまでこんな生活が続くんだろう。窓の外をぼんやりと眺めた。

自分の意見イコールぼくの考え、自分の満足イコールぼくの幸せ、と母さんは信じている。『勉に幸せに生きてほしい』っていつも言うけど、矛盾してない？　どうして、進学にしても習いごとにしても、自分が出来なかったことや、やらなかったことを子供が喜んでやると思っているんだろう。自分自身がそれほど優等生だったわけでもなく、受験勉強のノウハウもないのに、『勉強しなさい』さえ連呼していれば子供はひたすら勉強をすると本気で信じているところとか、まるでカルト宗教の熱心な信者みたいだ。あと、お金をかけて習いごとや塾に通わせると自動的にぼくが優秀になると思ってるみたいだけど、ゲームの課金みたいに考えてない？

父さんは仕事で忙しくてあまり家にいないので、家の中は母さんの独裁政権。『大変なのは今だけだから。中学に上がったら楽になるから。ね？　ね？』と言われて頑張って、そこそこの私立中学に進学したけど、じきに母さんはぼくの同級生たちの成績に敏感になって、雷が落ちる前触れみたいな、ぴりついた雰囲気をいつも漂わせるようになった。

ぼくの毎日は母さんが言ったようには楽にならず、小学三年の時から通っている塾の高校受験コースに進まされたら、勉強の内容や詰め込み方が前よりもハードになった。『高校に進めば楽になるから』と母さんはまたぼくを騙《だま》そうとしている。もう信じられるか。高校、大学と進むにつれてどんどん厳しくなっていくに決まっている。

社会人になったら――ぼくの想像力はその先に行かなかった。怖くて行けない。もしかして、この世の大人で、人生を楽しく過ごしている人なんて誰《だれ》ひとりいないんじゃないか。頑張った先の未来が見えない。最悪の場合、つまり今後の人生でずっとこの状態が続くとして、あと何日間、苦難の日々が残っているんだろう。日本人男性の平均寿命は――検索――八十一・〇五歳。ということは、こんな生活が、多く見積もってこの先六十七年、つまり二万四千四百五十五日間続く可能性がないともいえない。

引き出しから、重い金属の塊を取り出した。今日塾から帰った時に郵便受けからはみ出しているのを見付けた、宛名のないクッション封筒。その中に入っていた。

『お役に立つと思います』

そう書かれた紙と一緒に出てきた、黒光りする拳銃。

誰かがいたずらでこんな玩具を――と思ったけど、使い込んで細かい傷のついた表面、BB弾どころじゃないサイズの銃口、何よりもその質感と重量。とても玩具とは思えない。ネットで調べたら、この銃は『リボルバー』に分類されるものらしい。撃ち方には二通りあって、ハンマーを起こしておいて撃つのがシングルアクション。ハンマーを起こさず、トリガーを引く指の力でハンマーを動かして連射するダブルアクション。ダブルアクションは速射性に優れるけど、力を込めるので銃口がぶれやすい。

拳銃をスマホで撮って画像検索してみたけど、銃の名前まではわからない。撮り方が悪かったのかな。検索結果で出てきた他のリボルバーに比べてデザインが古臭い感じがする。

でも、これを持っていると何だか強くなったように感じる。さっきまで襲ってきていた睡魔も、右手で銃の重みを確認しているうちに吹っ飛んでしまった。

母さんと父さんをこれで撃ち殺したらどうなるかな——そんな考えがちらっと浮かんだけど、人殺し、というか親殺しはさすがにやばい。将来的に、やばい。

じゃあ、死ぬのがぼくならどうなんだろう。

死ぬってどういう感じなんだろう。死に近づく感覚だけでも味わってみたい。

死そのものは別に怖くないけど、痛いのや苦しいのは嫌だし、車や電車に飛び込むと関係ない人に迷惑をかけてしまう。その点で拳銃は、ちょうどいいかも。

ハンマーを起こして、銃口を側頭部に当ててみる。人差し指に少し力を入れるだけで楽になれる。目の前に〝解放〟がある。

そうだ、いつでも死ねるんだ。そう考えると爽快《そうかい》な気分になってきた。

重く沈んでいた心が羽根のように軽くなって、笑顔がこぼれているのが自分でもわかる。

いつでもぼくは、自分の意思で、自分のタイミングで楽になれる。自分の命を絶つことを自分でコントロール出来る。こうやってトリガーに少し力を入れるだけで。

だんだん興奮して、大声で叫びたくなってきた。

でも、死に近づいた気がすると、逆に、今死ななくてもいい気もしてきた。解放を先延ばしたいという気持ちもあるかも。

もうちょっとだけ、生きてみようか。

嫌になったらいつでも死ねるじゃないか。ほら、こうやるだけで。

つい、人差し指に力が入った。

事件21　七月　東京都渋谷区　松濤

閑静な住宅街を、沈みかけた夕日が赤く染めていた。道路沿いには、昔からの地元民が住むブロック塀に囲まれた一軒家と、新しい世代や新たに転入してきた住人たちが住む小綺麗《こぎれい》で洗練された家がほぼ交互に並んでいる。新しい方の住宅はおしなべて、極端に窓の数を少なくしたデザインが目立つ。

スーパーマーケットのレジ袋をいくつも積んだコンパクトカーを運転する主婦の紀子《のりこ》は、後部座席のチャイルドシートに座る娘に声を掛けた。

「優香《ゆうか》、もうすぐお家《うち》よ。お荷物を入れるのを手伝ってね」

「はぁい、ママ」

デニムのオーバーオールを着た優香が、足をぶらぶらさせながら応《こた》えた。

自宅の手前で紀子はスピードを落とした。ウインカーを出し、自宅のガレージへと続くドライブウェイに入る。ゴミを外に出している隣人に軽く頭を下げて挨拶《あいさつ》し、キッチンにつながるバックドアの前で車を停《と》めた。

「さあ、着いた。今シートベルトを外してあげるからね」

そう言ってエンジンを切り、車外に一歩踏み出した紀子はふと違和感を覚えて、視線をガレージに向けた。

車が二台入るガレージはリモコンで開閉するシャッターを備えており、夕食の買い物に出かける時に下まで閉めたはずだった。それが今は一メートルほど開いている。

「ママ、どうしたの？」

優香が訊《き》く。

「何でもない。いい子にして、車の中で待ってて」

シャッターの隙間《すきま》から夫のＢＭＷの鼻先が見える。きっと夫が帰宅して、車から忘れ物でも取り出しているのだ。自分にそう言い聞かせながら、それでも胸騒ぎを抑えられなかった。形容出来ないが、何かがおかしい。それに、ガレージの中から、オイルのような黒っぽい液体が大量に流れ出している。

紀子はガレージに歩み寄り、中に声を掛けようとして考えを変えた。もし、車泥棒や凶悪な人物が中に潜んでいたらと考えると、不用意にガレージに近づくのは危険だ。紀子は運転席に戻り、全《すべ》てのドアをロックしてからエンジンをかけた。助手席のサンバイザーにクリップで留めてあるリモコンに手を伸ばし、シャッターを全開にする。

どうやらガレージの中には誰もいないらしい。夕闇《ゆうやみ》の中でよく見えないのでヘッドライトを点《つ》け、再び車から降りて中を見に行くことにした。

「ママ、降りる」

「優香、いい子だからもうちょっとだけおとなしくしておいてちょうだい。ママはちょっとガレージを見てくるから」

そろそろ退屈し始めた優香を宥《なだ》め、紀子はガレージに足を踏み入れた。

「何よ、この臭《にお》い」

いつもは埃《ほこり》とオイルの混じった臭いのするガレージの中は、むせ返るような鉄臭さで一杯だった。今まで嗅《か》いだことのない、独特な生臭さのある、鼻をつく鉄臭さ。それに、そこら中を飛び回る蠅《はえ》。

まとわりつく蠅を手で追い払い、異臭の元を探すためにあちこちを見回した紀子は、床にこぼれた黒っぽい液体の出どころとおぼしき、BMWの運転席側に向かう。

革靴を履いた足が見えた。いつこんなマネキンを買ったのだろうと疑問に思うほど、その光景は何故か自然に見えた。

しかしその革靴と、その上のスラックスに見覚えがある。

紀子の心の中で、恐ろしい予感が頭をもたげた。無数の刺《とげ》を持つ塊が胃からのぼってくるような感覚を味わいながら、こわごわＢＭＷと壁の間に首を伸ばす。

車の中で手持無沙汰《てもちぶさた》に待っていた優香は、ただならぬ気配に顔を上げた。いつの間にか陽《ひ》はとっぷりと暮れ、ヘッドライトの光の中にガレージの内部だけが浮き上がっている。その中から紀子が這《は》うようにして飛び出し、足をもつれさせて地面に転がった。そのはずみに、地面のコンクリートに広がる黒っぽい液体に手をつき、それをまるで熱湯に触ったかのように振り払うとまた転がるように車に駆け寄ってそのままへたり込む。

車の前で紀子は裂けんばかりに口を開き、悲鳴を上げた。しかし本人は悲鳴を上げているつもりでも、それは声にはならずにただ肺から苦しげに吐き出される空気の音でしかなかった。

ＢＭＷと壁の間で蠅にまみれて仰向《あおむ》けに倒れていたのは夫であり、その額に穴が開いて血と何かがこぼれ出ており、白いワイシャツにも穴が数か所開いて、前身頃が焦げ茶色に染まっている。

ヘッドライトの光の中、紀子はいつまでも声にならない悲鳴を上げ続けた。

第一章　八月二日　越石

くそ、マスクに逃げやがった。

越石渉《こしいしわたる》は、心の中で舌打ちをした。

営業時間外の、電灯を全部点けたキャバクラほど侘《わび》しい風景はない。白々しい蛍光灯の灯《あか》りの中、丸椅子《まるいす》に座る和装のママが、ピンク色のウレタンマスクを着ける。

ママは、客に見せるものとは正反対であろう、冷え切った目つきで越石を見返していた。敵意を持っているわけではないが、自分はあなた方側の人間じゃないですよと意思表示をしている目だ。

面倒くさい、と越石は思った。最近別の街から移ってきた新参者のママで、面識はまだない。ここに前まで入っていた店のママは何年も前からよく知っており、こういった事情聴取にも快く対応してくれたのだが。

「もうコロナ禍も終わったんですから、そこまでナーバスにならなくてもいいんじゃないですか？　それに、汗でお化粧が落ちますよ」

後ろに立つ氷見麻里子《ひみまりこ》が口を開いた。越石の内心の舌打ちを察したようだ。

「もうすぐ空調が効き始めますから」氷見にきつい視線を返し、険のある声でママが言う。

鼻から下を覆うマスクには、触れようともしない。

越石は心の中で、今度は溜息を吐いた。

取り調べや聞き込みの時、頬《ほお》がぴくりと痙攣《けいれん》したり、笑おうとしても口角がうまく上がらなかったりしたら、その人物が嘘《うそ》を吐いているのでは、核心に触れた質問に動揺しているのでは、という推測の基準になる。

しかし、鼻から下を覆うマスクを着けている場合は、目を閉じられたり視線を逸《そ》らされたりしたらお手上げだ。ママも営業中はマスクなど着けていないのだろうが、営業時間外に常連客のことを聞き出そうと訪れた招かれざる客人を相手に鉄面皮を貫くには、マスクは最高の小道具だ。『まだ気を許さず、感染対策でマスクを着用している』は、新型コロナが五類に移行して一年以上経《た》った今でも、最高の言い訳、天下無敵の正論になる。

ママが、テーブルの上に置かれた二人の名刺を手に取った。いかにもベテランのママらしい、洗練された上品な仕草。

『警視庁麻布《あざぶ》警察署　刑事組織犯罪対策課　強行犯捜査係　巡査部長』という肩書の、越石の名刺。もう一枚は氷見のもので、越石のとは違ったレイアウトで『警視庁　組織犯罪対策部　薬物銃器対策課　銃器捜査第４係　警部補』とある。

「同じ警察でも、お名刺のデザインは違うんですね」ママが言いながら、越石に目を戻す。

「そうなんですよ。親会社と子会社みたいなもんです」正確な説明ではないが、こう言うと一般人は納得してくれる。

ママが名刺を着物の懐に入れようとするのを制し、二枚とも取り戻した。

「すみません、これはお渡しできないので」

警察官の公用名刺は、悪用を防ぐため、民間人には軽々しく渡さない。

「で、うちのお客様について何を知りたいんですか？」

「加藤木《かとぎ》商事の、加藤木社長について伺いたくて。このお店によく来られますよね」

ママが黙り込んだ。客のプライバシーを迂闊《うかつ》に漏らすわけにはいかないのは、越石にもよく理解出来る。が、はいそうですかと立ち去るわけにもいかない。こちらも仕事なのだ。

「面長で背の高い、五十過ぎの」たたみかける。

「お客様のことをお話しするわけにはいきませんから、他を当たって――」

「あのボトルの人です」越石が話している間にさりげなくカウンターに歩み寄った氷見が、後ろの棚に並べられたキープボトルの一本を指差す。「加藤木様ってネームプレートが掛かってる。日付、先週ですね。最近来てるじゃないですか」

「よく見えますね、あんな遠いところにある、他人のボトルが」怒りを含んだ、ママの嫌味。

「あたし、裸眼で二・〇なんです」氷見がにやりと笑うが、その目は笑っていない。がっちりと据わり、動くものを何一つ見逃さない蛇のような、刑事特有の目付き。俺《おれ》も同じ目付きをしているんだろうなと越石は思った。

「……で」越石が少し身を乗り出す。「加藤木さん、先週来られた時はどんな話をされてましたか？」

加藤木は二日前に、経営する会社の株主の一人を拳銃で射殺し、行方をくらませている。経営状態が芳しくないことをさんざん責め立てられ、それを根に持っての犯行と思われた。使用された拳銃は、ここ数カ月間、東京で多数発生している拳銃事件で使われたものと同型――ニューナンブM60。

ママが観念したように肩を落とした。「加藤木さんは私よりも女の子がお相手することが多くて。この間お見えになったときも、女の子とだけ話されてたわね」

質問を重ねようとする越石を手で制したママが、釘《くぎ》をさす。「私はカウンターで別のお客様とお話ししていたので」

「加藤木さんのお勤め先やご住所は把握しているのですが、その他に何か、会社の人やご家族の知らないところで加藤木さんの行きそうなところ、お心当たりないですか？　どこそこに移住したいとか、前に旅行に行ったどこそこが素晴らしかったとか」

「聞いたことないわよ、そんなの」

「最初に言いましたけど、加藤木さん、いなくなってるんですよ？　見つかってほしいと思わないんですか？」

「お店の女の子だけじゃなくて、お客さん同士の横の繋《つな》がりはなかったんですか？」氷見が口を挟む。

「うちは会員制じゃないので、お客様のご紹介じゃなくて会社様の繋がりでお見えになる方がほとんどなのよ」

「加藤木さんを紹介してくれた会社は？」

「もう十年くらい前に潰《つぶ》れた」

当たり障りのない情報を小出しにして〝協力している感〟を出している。

越石は腕を組んで考え込んだ。そもそも、進んで警察に協力する民間人はあまりいないが――いてもほとんどの場合、張り切りすぎてお荷物になる――人間関係だけで成り立っていると言っていい業界の、しかも客との駆け引きに長《た》けたベテランの相手をするのは骨が折れる。

「わかりました。加藤木さんに付いていた女の子の連絡先をいただけますか」越石がサマージャケットのポケットからメモ帳を取り出し、訊いた。

「私から電話で訊いておきます」

「内輪の人間同士でゴチャゴチャと口裏を合わせられたくないんで」口調を変えた氷見が言った。「電話するなら、今ここでして」

ママの顔に怒気が走った。「お引き取り下さい。話せることは全部話しました」

「あ、そう。越石、今日は終わりにしようか」

奴隷を前にしたＳＭプレイの女王様のような表情を浮かべた氷見が言う。今にも舌なめずりをしそうだ。

また出た、この顔。越石はメモ帳を閉じ、ひそかに溜息を吐いた。氷見のやり方には眉《まゆ》をひそめたくなることもあるが、年次も階級も上の本庁捜査員ときては、付き合わないわけにはいかない。

この捜査で初めて組むことになった、女性警部補。越石より一歳上の、三五歳。独身。後ろでまとめた、セミロングの黒髪、リクルートスーツのような地味な服装。

一見堅物な優等生風だが、性格はかなりアクが強い。そして、情報収集能力がすさまじく高い。刑事警察より公安警察の方が向いているタイプだ。

警視庁内だけでなく都内の各所轄署に広く強いネットワークを持っているらしく、捜査情報や警察内の人事情報など貴重な情報から、どこそこの署長の虫歯の本数など、どうでもいい情報までもが大量に、所轄署や部署をまたいで氷見の元に集まってくる。

その情報源を探るのはタブーとされており、そこに触れると氷見の報復を受けるだけでなく、警察官人生が終わるとさえ言われている。本部庁舎内で囁かれるその不気味な噂から、陰で氷見のことを『警視庁の祟《たた》り女神』と呼ぶ者もいた。

「じゃ、プライベートで飲んでいこうかな」肚《はら》を決めた越石がソファにゆったり座り直し、カウンター奥の棚を見渡す。

「高いかもよ」

「まあ六本木《ろっぽんぎ》ですから。でも警察官に無茶な金額は言わないでしょう。ね、ママ」

ママが、左手首に着けた小ぶりの腕時計に目を遣《や》り、そわそわし始める。二十時前。そろそろ店を開ける時間だ。

「うちは初めてのお客様は――」

「『うちは会員制じゃない』ってさっき言ったわよね」氷見が遮る。

「俺、ハーパー一本入れるわ。しかし暑いな」言いながら越石は立ち上がり、上着を脱いだ。様々な格闘技で鍛え上げた、身長一八五センチ、体重八十九キロの身体は、椅子やテーブルの低い店内では立ち上がるだけでかなりの威圧感を発する。そしてその腰に装着されたホルスター――警察用語で『けん銃入れ』――からグリップを覗かせているのは、銀色に光るS&W M3913。銃器対策部隊にも支給されている制式拳銃だ。

「ちょっと、刑事さん――」

「もう客だから、越石さんって呼んでよ」

「その女の子、今日お店出る?」氷見がママに訊く。

「………」

「まあいいや、越石、毎日ここ来なさい。一回くらいはその子に会えるでしょ」

「領収書、経費で落ちますかね」

「もちろん。アフターは霞《かすみ》が関《せき》がいいんじゃない？　桜田門駅のあたりとか、面白いよ」

「わかったわよ」勘弁してよと言いたげな顔で、ママは帯に挟んでいたスマートフォンを取り出し、その女性の電話番号を呼び出すと通話アイコンをタップし、耳に当てる。

「出ない」しばらく電話の向こうに耳をすませていたママはそう言うと電話を切った。

「電話番号と住所」仁王立ちになって腕を組んだ氷見がママを見下ろし、言う。

溜息を吐いたママは、連絡先を画面に呼び出すと氷見ではなく越石に見せた。

越石がメモを取り終わるかどうかというタイミングでママがスマートフォンの画面を待ち受けに戻す。

ちらりと見えたその待ち受け画像は、ママが親戚《しんせき》か何かの親子連れと一緒にディズニーランドで撮った写真だった。ママと、姉か妹だろうか、同年配の女性、その前には小学低学年くらいの子供二人が、有名なキャラクターの着ぐるみ二体に挟まれて、大きな笑顔を見せている。

越石の胸がぎゅっと締まった。妻と娘の顔が心をよぎる。くそ、余計なものを思い出させやがって。

奥歯を嚙《か》みしめ、額にうっすらと浮かんだ汗をハンカチで拭く越石に、氷見が不思議そうな表情を向けた。

だんだんこめかみに青筋が浮き始めたママに礼を言った二人は、店を出た。

閻魔坂《えんまざか》から隣の通りに抜け、毎度うんざりさせられる長い階段を上り、六本木通りに向かう。

街は、かつてのコロナ禍を思い出させる異様な緊張感に包まれていた。歩行者同士がすれ違う時には、距離を置いて足早になる。若い女性は、知らない人と目が合ったらそそくさと近くの店や路地に駆け込む。ここ数か月、まるで街全体が放電しているようなぴりぴりした感じに包まれている。

「敵を作りますね、氷見さんは」越石は素直な感想を述べた。

「向こうが喧嘩《けんか》腰でなかったら、あたしも礼儀正しく接するよ」

一応〝礼儀正しい〟という概念は持っているのか——変なところで感心する。

「ていうか、越石もかなり敵を作ってんじゃないの？　キレキャラのせいで」

越石は反論しかけたが、この街のワルたちが皮肉を込めて越石のことを『キレ者』と呼んでいることを思い出し、口を閉じた。

「見なさいよ。あいつらの顔」

氷見が顎《あご》で周囲を指す。様々な飲食店やホテルが建ち並ぶ細い道路に路上駐車されている黒塗りの高級車。その運転席に座ったり脇《わき》に立ったりしているスーツ姿の男たちの反応は、越石を見ると顔を伏せるか、慌ててスマートフォンをいじり出すか、睨《にら》みつけていた目が合った途端に逸らすか、という三通りにきれいに分かれている。

「あたしより、越石の方が敵多くない？」

六本木通りに出た氷見が振り返って言う。

「……それはそうと」越石は話を逸らした。「さっきのママみたいにマスクを着けられると表情が読めないから、聴取もやりにくいですね。新型コロナの迷惑な遺産だ」

「コロナ抜きにしても、元々日本人ってマスク好きだし。集団に埋没出来るから、国民性に合ってるんだよね」

「そういえば、この事件群のせいでまた緊急事態宣言が出るかもって噂《うわさ》、聞きましたか？」

よほど険しい表情を浮かべているのか、前から歩いてきたサラリーマンの二人連れが警戒心を丸出しにして、越石を避けるように道の隅に寄ると走り抜けるようにすれ違う。

「コロナの時に散々、経済が打撃を受けて懲りたからそれはないって都知事が非公式に言ってる」氷見が応える。

どこでそんな情報を取ってくるのだろうか。越石がそう思った時、制服警察官に追い越された。その警察官は小走りで六本木ヒルズ方面に向かいながら、無線で何かを話している。背中には『佐賀県警察』の五文字。厳重警戒体制下の東京都内における警備に従事する警察官の数が絶対的に足りず、首脳会合が行われる時のように、日本各地の県警から警察官が応援に駆り出されているのだ。

「それにしても、令和って時代には、呪《のろ》いでも掛けられてるんでしょうかね。コロナ、オリンピックの延期、放火事件、元首相の銃撃、正月の大地震と飛行機事故、挙げ句の果てに――」声を低くする。「――警察拳銃の大量強奪とばら撒《ま》き。ろくなことがない。江戸時代だったら、もう元号が三回くらい変わってますよ」

二人は大江戸《おおえど》線へと繋がる長いエスカレーターに乗った。

「まあ、落ち着いて。ともかく、あたしたちはあたしたちの仕事を粛々とこなすしかないね」

「……ですね」越石は頷《うなず》いた。

加藤木に付いていた女性の名前は北川真奈美《きたがわまなみ》といい、あの店で週に三日アルバイトをしているらしい。住所は豊島《としま》区巣鴨《すがも》だった。

代々木《よよぎ》で山手線《やまのて》に乗り換え、巣鴨駅で降りると、スマートフォンの地図アプリに真奈美の住むマンションの住所を入れ、ナビゲーションを起動する。

アトレを背にし、交番を右手に見ながら、大通りに沿って商店街に入った。

「しばらく行って、右に曲がります。その後ちょっと行って、少し左です」

GPSを使った地図アプリというものは、人類が生み出したものの中で最高傑作の一つだと越石は常々思っている。

「越石、方向音痴でしょ」歩きながら、氷見が指摘した。

「そんなことないです」内心慌てつつ、否定する。

「隠さない、隠さない。バレバレだから」

「……何故《なぜ》わかったんですか？」

氷見が看破したように、越石が自覚している最大の欠点は方向音痴で、道を二回以上曲がると自分がどちらを向いているかわからなくなるほどの重症だった。職業上、あまり好ましいことではないので周囲には隠し、誤魔化し続けている。

「言葉がもう、典型的な方向音痴のそれ。『しばらく』『右、左』『ちょっと』『少し』って。自分がいる場所を主観的にしか見ていないのよ。普通は頭の中に地図を描いて、『百メートルほど直進して東へ』とか言うよね」

「右は右だし、左は左なんだからいいじゃないですか」

「それが主観だっての。同じことを無線で言われて、たどり着ける自信ある？」

「………………」

「因《ちな》みに、北がどっちか指差してみて。出来ないんじゃない？」どこか楽しげな顔の氷見。

「降参です。もうやめてください」スマートフォンを持ったまま、越石が両手を上げた。

二人が到着した北川真奈美の住処は、商店街から染井《そめい》霊園の方に向かって二ブロック目に建つ単身者向けのマンションだった。

その数十メートル手前で、二人は顔を見合わせた。

「このあたりって……」氷見が言う。

「例の金庫屋の近くですよね」越石が後を引き取った。

「偶然、だと思う？」

「この北川って女性と繋がらないですよ、今のところは」

話しているうちにマンションの下に到着した。オートロック式の自動ドア横に備え付けられたインターホンを鳴らすが、応答がない。ママから聞いた番号に掛けてみるかと思っていたところ、コンビニエンスストアのレジ袋を提げた住人らしい男性が道路側から歩いてきた。

邪魔にならないよう、ガラス扉の脇に身体を寄せる。インターホンの下にある鍵穴に鍵を差し込んで回してガラス扉を開け、エレベーターホールに入るその男性に続いて二人も中に入る。

びくりと身体を震わせ、逃げ出す態勢を取った男性に越石が警察手帳を見せ、「このマンションの別の方に用事があって。警察へのご協力、感謝します」とにこやかに言う。曖昧《あいまい》に頷いた男性はエレベーターではなく、内階段に姿を消した。

「越石は笑顔を見せない方がいいよ。かえって怖いから」

「ストレートに言われると、傷つきますね」

二人はエレベーターに乗り込み、真奈美の住む階へと向かった。

玄関のチャイムを鳴らし、しばらく待つが反応がない。腰を屈《かが》めてドアポストをそっと開けて覗き込んでみた。ドアポストの目隠しのせいで部屋の中は見えないが、部屋の電灯は点いており、中から煙草《タバコ》の煙混じりのエアコンの冷気が漏れ出てくる。

「いますね」氷見を見上げる。「ママから『出るな』とか『余計なことを喋《しゃべ》るな』とか指示が行ったんでしょうね」

「持久戦ね」

数分間、断続的にチャイムを鳴らし続けると、怒気を含んだ女性の声がインターホンから聞こえた。

『何なんですか？　こんな時間に。警察呼びますよ』

「はい、警察です」越石と氷見は揃《そろ》ってそう言うと、インターホンと一体型になっているカメラのレンズに向けて警察手帳を突き出した。

インターホンの向こう側がしばらく沈黙する。やがて渋々といった様子でドアが細く開き、掛けられたままのドアチェーン越しに女性の顔が現れた。二十代後半、ノーメイクで、少し厚ぼったいまぶた。丹念にメイクをすれば、暗い店の中ではそれなりの美人に見えるだろう。

「北川真奈美さんですね」越石が確認すると、女性が頷いた。

「お客の加藤木さんについてちょっとお訊《たず》ねしたいことがあるんで、チェーン外してもらえませんか」

「嫌です」

「このままじゃ、ご近所迷惑になりますから」

「お断りします。こういうの、嫌いなんで」

警察の事情聴取が好きな人間はそんなにいない。

「とは言っても——」

「こんな時間に、何考えているんですか？」

自分の言い分が通ると思ったのか、真奈美の口調が滑らかになってきた。

「嫌なお仕事ですね」

その口元に苦笑いのような嘲笑《ちょうしょう》が浮かぶ。

喧嘩を売っているのか、こいつは。

「お時間は取らせませんから——」

下手《したて》に出ているのが馬鹿馬鹿しくなってきたが、辛抱強く頼み続ける。しかし真奈美は目も合わせず、うっすら笑みを浮かべたまま、あらぬ方向を見ている。

氷見が口を挟んだ。

「わかりました。じゃあ、ここで話しましょう」声を一段大きくする。「改めまして、警察の者です」さらに声を大きくする。「都内で発生している、拳銃を使用した事件について、三〇七号室にお住まいの北川真奈美さんにお訊きしたいことが――」

「わかった！　開けるから待ってよ！」

真奈美は大慌てでドアを閉めた。中からチェーンを外す音が聞こえ、やがてドアが大きく開かれる。

さすがに部屋には上げてもらえず、玄関土間での立ち話となったが――部屋はワンルームマンションで、ちらりと見える奥は散らかり放題だったのでむしろ有難かった――加藤木に関して何を訊いても真奈美は目も合わせず、「知らない」「興味ない」と繰り返し、薄笑いを浮かべてあさっての方向を見ているだけだった。

腹を立てるな、落ち着けと自分に言い聞かせてきたが、苛立《いらだ》ちを抑えるのもそろそろ限界に近付いてきた。警察に協力するかしないかは当人の勝手だが、これだけ犯罪や自殺を生み出している事件群に『興味ない』はないだろう。こいつは自分自身や家族が拳銃犯罪の被害に遭っても、我関せずを通すのだろうか。

「それでは、何かありましたら警視庁か麻布署にご連絡ください」気持ちが顔に出ないよう必死で抑えながら越石は踵《きびす》を返し、氷見に「もういいでしょう。行きましょう」と促す。

頷いてドアを開けた氷見が、深々と頭を下げた。「ご就寝中のところ、申し訳ありませんでした」

「ご就寝中？」怪訝《けげん》な顔で訊き返す真奈美。

「いや、寝起きですよね？」氷見の、とぼけたような表情。

「ずっと起きてたけど、何言ってるの？　あんた」

「あ、起きてたんですか！」氷見が顔を突き出し、感心したような表情で、真奈美のノーメイクの目元をまじまじと見る。「寝起きじゃなかったんだ。へえ」

ドアを閉めた直後、部屋の中で、何か固いものが床に叩《たた》き付けられる音に続き「ふざけんなよ！　クソ女！」と喚《わめ》く真奈美の声が聞こえた。

「やっぱり敵を作りますね、氷見さん」下りのエレベーターの中で越石が言った。ある意味、言動が一貫してぶれないので気持ちがいい。

「あの女、本当に何も知らないよ」氷見がぼそっと言う。「最初にドアの隙間から見ただけでわかった。取り敢《あ》えず、警視庁《ホンシャ》に戻ろう」

霞が関の警視庁本部庁舎の中は相変わらず、弾道ミサイルでも着弾したのかと思われるような騒がしさと物々しさだった。

警察や病院そして消防署や防衛施設など、一日を通して無人になることのない施設でも、夜間は夜間の〝匂《にお》い〟がある。しかし警視庁及び都内の各警察署はここ数か月間、昼も夜も捜査員と警察官でごった返し、戦場の様相を呈している。

慌ただしく外に飛び出していく捜査員、廊下で暴れ出した被疑者を取り押さえる警察官、この時間にも書類を抱えて各階層の長から決裁の花押や押印をもらう〝スタンプラリー〟に走り回る警察職員、精根尽き果てた様子で壁にもたれ、呼吸を整えている若い捜査員、大手通信会社が警察にデータ通信サービスを提供し、専務警察官に貸与されるPSD形データ端末、『ポリスモード』の画面を睨みながら怒鳴るようにスマートフォンの向こうの相手に指示を出すベテラン捜査員――。

越石と氷見はそれらを掻《か》き分け、時には廊下の隅に寄ってやり過ごし、ようやく捜査本部の大部屋にたどり着いた。通常は各種会議、研修会、試験、講演会などに使用されるレクチャーホール形式の大会議室だ。

捜査員に『帳場』と呼ばれる捜査本部は、殺人事件などの重大事件が起こった際に急遽《きゅうきょ》組まれるもので、常設されているわけではない。なので、いざ捜査本部が立ったら、空いている会議室や講堂を押さえる、あるいは無理矢理空けることになる。そこで毎朝八時半と二十二時に、一時間から二時間に渡って捜査会議が行われる。

廊下の途中に小さなデスクが置かれ、制服警察官が立っていた。立番を行っているわけではなく、捜査員全員が捜査本部の指示通りに拳銃を常時装塡《そうてん》、常時携行しているか確認をしているのだ。

何故庁舎内で拳銃を——と当初は不評を買ったものだが、事件が深刻化するにつれ捜査員たちの意識も変わってきた。捜査会議中であろうが経費の精算作業中であろうが、いつなんどき飛び出す羽目になるかわからない状況なのだ。

越石と氷見はそれぞれＳ＆Ｗ　Ｍ３９１３とＳＩＧ　ＳＡＵＥＲ　Ｐ２３０を腰のホルスターから抜き、マガジンを取り出して総務部の装備担当者に見せる。越石は麻布署の所属だが、この捜査本部に関しては本庁、所轄を問わず、全ての捜査員が警視庁より拳銃を貸与されており、所轄署の拳銃の使用は認められていない。上層部は、拳銃の管理に関して他の事件よりはるかにナーバスになっている。

「お疲れ様です」という担当者の声を背に聞きながらカードリーダーにＩＤカードをかざし、開錠されたドアから中に入る。

部屋の中の空気が漏れ出し、『都内無差別連続けん銃使用事件群特別捜査本部』と事件名が書かれた紙が、かさりと音を立てた。

「なんで〝戒名〟が紙に書かれているか知ってる？」氷見がその紙を指差しながら言う。

「知りません。確かに、いつも紙ですね。木の板でもいいのに」

「一刻も早く解決してさっさと剝《は》がせるように、ていう願いが込められているんだって」

確かに、警察官は徹底したリアリストの集団なのに妙に縁起を担ぐ人が多いな、と思いながら、越石は続々と入室する捜査員たちの顔を見回した。

＊

一連の事件群の発端となった事件――それ自体が前代未聞の大事件だが――が起きたのは今年の四月三日のことだった。

警視庁第八方面本部所属で、東大和市《ひがしやまと》と東村山市《ひがしむらやま》そして小平市《こだいら》の一部を管轄する大和中央《やまとちゅうおう》警察署が、老朽化した警察拳銃を新しいものに交換することになった。銃器としては他にも催涙ガス銃や狙撃《そげき》銃などが装備されているが、それらは対象外となる。対象となるのは、ニューナンブM60。一九六〇年より警察が調達・運用を始め、一九六八年度以降、一九九〇年代終盤にその製造が終了するまで警察拳銃として一本化されたものだ。

大和中央署が管理運用する拳銃のうち半数は、ニューナンブM60であった。オールスチール製なので適切な手入れをしていれば長持ちはするものの、それでも老朽化は避けられず安全性に疑問が持たれること、製造を終了しているので部品の調達が困難になること、そして警察官の装備の軽量化を図る目的で、残っている全てのニューナンブの廃棄処分が決定された。

代わって導入される拳銃は、既に大和中央署の拳銃の半数を占めているS&W M360J〈サクラ〉、M37エアウェイト、M3913で、それらは、署での一時的な装備不足を避けるため、ニューナンブの搬送予定日の前日に、警視庁が手配した車両で既に搬入されていた。

大和中央署の署員数は三百三十名、そのうち警察官ではない事務職員は拳銃を所持しないので、署が管理運用する拳銃の総数は二百八十挺。そのうち百四十挺が、交換対象の古いニューナンブ。

そのニューナンブを警視庁に移送する多目的運搬車が襲われ、拳銃と、あろうことか同じ車両で運搬されていた千四百発の38スペシャル弾が強奪されたのだった。

そして警察庁、警視庁のみならず日本国政府までもが危惧《きぐ》していた事態が発生した。それらのニューナンブが、弾丸を装填された状態で一般市民の間に出回り、犯罪や自殺が頻発し始めたのだ。

誰が何の目的で銃をばら撒いたのかはわからないが、全てに共通しているのは、ニューナンブが互いに関連性のない人々に〝無料配布〟されるということだった。銃はクッションン封筒に入れられ、夜間、郵便受けなどに突っ込まれる。郵便受けが小さすぎるか、ドアにしか付いていない場合は宅配便の置き配のようにドアの前に置かれることもあった。

そして『お役に立つと思います』というメモが必ず同封されている。これらの紙やクッション封筒は鑑識課と特命担当班が必死で解析、追跡しているが、封筒は都内の文具店やコンビニエンスストアでバラバラに購入された大量生産品であることがわかったくらいだった。指紋は検出されず、筆跡の追跡もヒットせず、苦戦が続いている。

＊

大会議室に入った越石は、氷見が奥へと歩を進めるのを見送り、電灯スイッチの横にある空調のパネルに手を伸ばすと温度設定の下向き矢印を連打して、最低温度の十八度まで下げた。放置しておくといつも誰かが二十八度設定にしてしまうのだ。この会議室のどこかにいる馬鹿は、空調を二十八度設定にしても室温は三十度を超えるということに思い至らないらしい。もし寒いなら上着でも羽織れば良いものを。こういった手合いには、多少寒いのと、会議室中がおっさん捜査員たちの汗の臭いと加齢臭で満たされるのとどちらが良いか、見解を発表してもらいたいものだと思いながら、空いている席を探す氷見を追った。

捜査本部の中心は、十人単位で班となっている精鋭の捜査員たち。巨大なスクリーンを背にしたひな壇に向かって傾斜を描く段になったフロアに置かれた白い長机の前の数列は、既に彼らに占領されている。

越石と氷見は、後からどやどやと入って来た他の刑事部や生活安全部の捜査員たちに長机を譲り、最後列に近い隅の方に落ち着いた。

どれだけ早く入室しても、越石と氷見はなぜかいつもこのあたりの席になる。

氷見を見ると、手帳に殴り書きにしたメモを、B5サイズのノートに丁寧に書き写している。越石も自分のメモ帳を取り出して整理し始めた時、右横を誰かが通り過ぎた。越石と氷見の真後ろの長机に着き、「越石、お疲れ」と、疲れ切った声を掛けてくる。振り向くと、越石と拝命同期の峯村《みねむら》という捜査員だった。

＊

警察拳銃の強奪と拡散、そしてそれらが使用された複数の殺人や事故が絡み合っているという複雑な事件群。その捜査にあたっては、所轄警察署同士の連携や政治的な動きも必須となる。

当初は、各警察署のどの部門がどの事件を追えばよいのか揉《も》めに揉めた。結果、警視庁が特別捜査本部を立ち上げ、各所轄署から捜査員を基本的に一名ずつ参加させて警視庁の捜査員と組ませるという方法に落ち着いたのだった。

現場はそれでスタートしたが、捜査本部を悩ませる頭痛の種はまだまだあった。

まず、一番重大とされるものは殺人なので、捜査と送検の順序として、二つ以上の犯罪の中で最も重い犯罪が対象となる『観念的競合』が論じられた。そこで、殺人事件の捜査を最重要視するべきという意見と、そもそも強奪された拳銃をまず追わないと意味がないという意見が拮抗《きっこう》した。

そうしているうちに事件が急増し、とにかく現場を何とかするだけで手いっぱいになり、いつしかその議論は下火となった。

銃を不特定多数の一般市民に配布することがどういう罪になるのか、前例がないので誰も予測が付かない。捜査本部と捜査員たちは、ともかく拳銃強奪事件の捜査を進めながら一つ一つの事件や事故を潰していくほかなかった。

＊

「おお、峯村。お疲れ……って、酷《ひど》い顔してるな、お前」

越石は、峯村の様子を見て驚いた。ただでさえ痩《や》せ型の峯村はここ数週間で、さらにげっそりと痩せたように見える。普通なら聞き込みで日焼けしているはずの顔色は妙に青白く、目の下には小じわが増えた。まるで一気に二十年ほど老け込んだようだ。

「生まれてこの方で一番疲れてるよ」峯村が一段声を低くする。「老害の守りでな」

峯村がこの捜査本部で組まされている、定年後に再雇用された元刑事警察官の久米原《くめはら》のことだ。

「ロートルのくせに小言ばっかり達者でさ」

額に手を当て、長机に肘《ひじ》を突いた峯村が小さな声でぼやく。

「地取りであちこち話を聞いてまわるだろ。毎回毎回その後に『今の話の持って行き方は無理筋だ』とか『お前が今まで警察で何をやって来たのか、心底疑問に思う』とか小言大会で、全然捜査が捗《はかど》らないんだよ。で、夜の捜査会議の前にみっちりと説教だ。毎度同じ話で、『おれが若い頃は』で始まるんだよ。さっきも『銃に頼る奴は臆病者《おくびようもの》だ』とかほざいててさ。この事件群の内容わかってないんじゃねえか。死ねってのかよ」

だんだん興奮してきた峯村の声が大きくなり始めたので、掌《てのひら》で『声を抑えろ』と合図をする。

峯村の声が、囁《ささや》き声に戻った。「あとさ、再雇用されたら階級がなくなるのは仕方ないにしても、捜査会議に出席が認められないのは何ごとかって えらい怒ってて。おれが知るかよ、そんなこと。ともかく、足を引っ張られっぱなしで地取りどころじゃねえよ」

「再雇用者は月に十八日間しか勤務出来ないんだろ？　他の日に頑張って盛り返せよ」

「他の日におれが組まされてる奴《やつ》のこと知ってて言ってんのか？　本部が警務から借りてきた、昇任試験にしか興味のないガリ勉だよ。もとは生活安全《セイアン》部だけど、警務に移った途端に現場を見下すようになった嫌な野郎だ。おれに恨みでもあるのか、この配置を考えた奴は」

どう慰めればよいかわからないので、表情だけで『そりゃ大変だな』と伝える。

「すまん。越石に八つ当たりしてもしょうがないな。久米原さん、加齢臭もきついから、頭痛くなっていらいらするんだよ。スメハラに改名すりゃいいんだ」

隣で氷見がふっと笑った。聞き耳を立てていたようだ。

峯村もそれに気付いたようで、「ま、何とかやっていくしかないわな。お互い、頑張ろうや」と話を終わらせると、氷見の後頭部にちらりと目を遣る。

峯村の言いたいことはよくわかった。特異なキャラクターと、警視庁内に流布している恐怖伝説のせいで、氷見は異端視されている。当人は毛ほども気にしていないようだが、関《かか》わったら不幸になるという噂まで囁かれ、一部の幹部からも、『蛇蝎《だかつ》のごとく』とまではいかないにしても、襟首に入り込んだ虫でも見るような視線を向けられている。

しかし越石にとって、氷見と二人組で行う捜査には、周囲が思うほど気苦労はない。呆《あき》れる言動はあるものの、極端な嫌悪感を覚えるというわけでもない。

これが相性ってものなのかな——前に向いて座り直しながら、越石はそう考えた。

越石と氷見が互いのメモを突き合わせて報告事項をまとめているうちに時刻は二十二時

近くになり、幹部たちが入室する。

それまでざわついていた会議室が、幹部が一人、また一人と入室してくるにつれて徐々に静かになる。

まず入って来たのが警視総監だった。続いて刑事部長、捜査一課長、課長の補佐的な役割を担う理事官と、捜査主任官を務める管理官。そして第八方面本部長。

通常の捜査本部では刑事部長が捜査本部長となるが、社会的影響の大きい事件では特別捜査本部が設けられ、警視総監が特別捜査本部長として就任する。しかし、警視総監も刑事部長も捜査一課長も、立場的にも時間的にも一つの事件にかかりきりになれないため、現場捜査の統括は管理官が行う。

列の最後、会議室のドアを後ろ手で閉めたのは、大和中央署の大朝《おおあさ》署長だった。前に向いて生えている、針金のように固そうな髪を短く刈り込んだ、五十代後半の警視。キャリア組の署長がほとんどいない現在の警察組織ではあるが、それでもまだまだ狭い門をくぐり抜け、事実上、ノンキャリア警察官としてのトップに上り詰めた人物。

しかしその顔は暗く沈み、眼鏡の奥の小さな目は充血し、憔悴《しょうすい》しきった雰囲気を全身から発散させている。何しろ、四月一日付けで署長を拝命した二日後、最初の大仕事である警察拳銃の移動で大失敗をして針の筵に座らされたのだ。拳銃の強奪事件とそれに伴う数々の事件の第一の責任者としてやり玉にあげられ、国会の証人喚問に呼び出され、全ての捜査状況に目を通して膨大な量の報告書の作成を求められる。これで十分な休息と睡眠がとれる人間などいない。

捜査員を管理、指揮する側に立つ者としてこのコンディションは非常に良くないが、刑事部長はそれを承知で、実際の指揮は自分が執りつつ、ふらふらの署長を毎朝毎晩、捜査会議のひな壇に座らせる。

事件解決後に警視総監、警察長官をはじめ、警察幹部が何名も引責辞任せざるを得ないであろうと目され、怒り心頭に発した幹部たちの腹いせであり、捜査員への見せしめでもある。捜査員たちも、まるで真夏のアスファルトの上で力尽きかけている虫のように日に日に衰弱していく大朝を見ながら、こうはなるまいと背筋を伸ばす。

二十二時ちょうどに、起立と敬礼の号令が管理官から発せられた。捜査員が一斉に立ち上がり、上体を三秒間、前に十五度傾ける室内の敬礼をし、全員がきっちりと揃った動きで席に着く。

警視総監によって開会が宣言された。各捜査員に、捜査の進捗《しんちょく》やその日に集められた新しい情報が詳しく書かれた書類が配布される。会議室には大きなスクリーンもあるが、映像など、書類に落とし込めないものを映す時にしか使われない。被害者や被疑者の情報はもちろん、相関図、現場の写真などが警察担当の新聞記者などに流出する恐れがあるので、情報厳守を旨とする捜査会議での情報共有は書類と口頭のみで行われるのが常だ。

最初に発表された良い知らせとしては、一般市民から「拳銃のようなものが届いた」という通報があり、二挺回収出来たというものがあった。百四十挺のうち、犯罪、自殺の現場で回収されたものを含めて合計三十六挺が戻ってきたことになる。

「もうすぐ百を切るぞ」得意気な一課長の表情。

「ゴルフじゃないんだから」

氷見が鼻で嗤《わら》いながら呟《つぶや》いた。前の席に座る捜査員が咎《とが》めるような目で振り返るが、ぎろりと睨み返した氷見の、その口調とは裏腹の〝刑事《デカ》眼〟を見て、何も言わずに前に向き直る。

次に、二人一組で捜査を行う捜査員たちが、教室で当てられた生徒のように起立して、書類に記載された情報の詳細や、書類作成には間に合わなかったが追加で得た情報などを報告し始めた。

本庁、所轄を問わず捜査本部に詰める時に越石はいつも、蟻《あり》の巣を思い浮かべる。働き蟻がバッタの死骸《しがい》を見付けて仲間を呼んだ時、集まった蟻の一匹一匹が、その死骸の大きさや形状を把握しているとは考えられない。しかし、蟻たちが死骸をくまなく覆った時、もし蟻に集合意識というものがあるとすれば、それぞれの感覚を共有し、それがどのくらいの大きさの、どういう形状の死骸であるか理解することだろう。そしてその場にいる仲間たちの体重を全部合わせたよりもはるかに重いその死骸を、力を合わせて巣まで運んで行く。

今回の事件群は、この例えで言うならバッタどころではなく象クラスの特大の死骸を放《ほう》り込まれたようなものだ。捜査員たちは地道に象の上を歩き回り、ここはこうだった、あそこはああだった、と情報を集め続けるしかない。


各捜査員による報告の要旨をメモしながら越石は、今までの流れをおさらいしていた。

警察の拳銃庫は、警察署内の最深部に近い、部屋全体に厳重なセキュリティ対策が施された場所に設置される。拳銃庫そのものは、観音開き式の鍵付きキャビネットといったものだ。大和中央署で使用していたのは「五十挺入れ」に分類されるもので、その名の通り五十挺の拳銃を格納するものだった。

警察用語で『執行実包』と呼ばれる銃弾は、樹脂製の弾薬ケースで保管されている。弾薬ケースは薄べったい工具箱といった見た目で、上蓋《うわぶた》を開けると拳銃弾が十列掛ける十列で百発入っており、それが十四ケース。銃器と弾薬を同じキャビネットやロッカーで保管することは禁じられており、弾薬ケースは別の、高さ一メートル幅六十センチのキャビネットに収められていた。

しかし、容《い》れ物が別であればそれで良いと安易に考えた移送担当者が、それら全てを一台の多目的運搬車に積み込むという計画書を書き、こちらも考えの浅い大朝署長がそれに花押を書いたのだった。

会議室前半分の照明が落とされ、四月三日の拳銃強奪事件の一部始終を捉えた映像がスクリーンに再生される。

ＳＳＢＣ（捜査支援分析センター）の獅子《しし》奮迅の働きで収集、整理された映像で、首都高速道路が全体で約二千六百台設置しているＣＣＴＶカメラのうち数台が捉えた映像や、一般車から提供されたドライブレコーダーの録画データを繋いだものだ。

捜査員は何度も見ているが、他部署や所轄署から新しい捜査員が絶えず補充される捜査本部なので、三日に一回は全員で見直すことにしている。

無音の、生々しい映像が映し出される。

白黒のパトカー一台に先導され、首都高速４号新宿《しんじゅく》線を制限速度で走るアルミバン。大和中央署の多目的運搬車で、車種は五代目エルフ後期型。国費で配備されている資材運搬車のほとんどは、荷台の耐久性を優先してアルミバンが採用されている。

搬送は渋滞を避けて夜に行われ、しかも都心へ向かう下り車線なので、パトカーとトラックは順調に進む。トラックのハンドルを握るのは武器を携行していない警察職員で、助手席の補助係も同様だった。

永福《えいふく》パーキングエリアを通り過ぎ、前方に永福本線料金所が迫ってきたので二台がスピードを落とした時、追い越し車線を猛スピードで走ってきた4WDとSUVがカメラのフレームに入る。4WDがパトカーに横から体当たりをし、左側の壁に押し付ける。音のない映像だが、金属とコンクリートが擦《こす》れ合う耳障りな音が聞こえてきそうだ。パトカーの車体左側から、金属溶接を思わせる派手な火花が散る。

4WDは自らの車体でパトカーを壁に押し付けるかたちで停車する。それにより、中に二人乗っている警察官が外に出られなくなる。

SUVが追い越し車線で停まり、トラックの逃げ道を塞《ふさ》いだ。慌てた様子でバックするトラック。時間差で来たワゴン車が車体を斜めにしてトラックの後ろに急停車し、トラックはその横腹に後部を突っ込む寸前で停まる。

映像を見ている捜査員の何人かがううむと呻《うめ》く。そういった反応で、新しく入ってきた助《すけ》っ人《と》が誰なのか、すぐわかる。

4WDとSUVから男たちが飛び出す。合計三名。全員が白や黒のマスクを着けているせいで、顔立ちはわからない。

大きな刃物を手にしている者が二名。刃渡り五十センチほど、日本の脇差に近い長さだが身幅の大きい、牛や豚などの家畜を解体する時に使う包丁。そして大型ハンマーを持った者が一名。

ハンマーの男がトラックのサイドウィンドウを割り、手を突っ込んでドアを開錠する。刃物の男がそこで入れ替わり、運転者たちを路上に引きずり出す。人間は銃よりも刃物の方により本能的な恐怖感を覚えるもので、二人は膝《ひざ》をがくがく震わせながら、頭を抱えるようにしゃがみ込んだ。補助係が手から落としたPSW（署外活動系無線機）を、男の一人が遠くに蹴《け》り飛ばす。

襲撃事件の様子を見た後続車が十メートルほど後ろで急停止し、それが原因で玉突き事故が起こる。

「ひでえな、これ」押し殺した声が会議室の隅から聞こえた。映像がこのあたりまで来るといつも、見慣れているはずの他の捜査員ですら固唾《かたず》を呑む。

男たちの一人が後ろのワゴン車に飛び乗り、後の二人がトラックに乗り込む。十数メートル通り過ぎた永福出口から出るべく、ワゴン車とトラックは同時にバックする。停まっている後続車の軽乗用車にぶつかってそのフロントをぐしゃりとへこませ、オレンジ色の車線分離標をなぎ倒し踏み潰したワゴン車とトラックは前進にギアチェンジすると、出口に向かって走り去る。

　ここから、防犯カメラが捉えた映像を追っていく『リレー捜査』の映像に移る。しかし、カメラの設置数が多い大通りや繁華街ではなく、住宅街、特にこのあたりのような宗教施設や墓地の多い地域でのリレー捜査は困難を極めた。

　範囲を広げて防犯カメラ映像を隅から隅まで探した結果、永福出口を出たトラックは南に向かい、世田谷《せたがや》区に入ったことがわかった。防犯カメラの多い繁華街や大きな道路を避け、住宅街に入る。ワゴン車とトラックの運転にためらいがないので、犯人たちは事前に入念な下見をしたようだった。

　トラックとワゴン車はすぐに見付かった。見付かったというより、一般市民による通報を受けて駆け付けた北沢《きたざわ》警察署明大前《めいだいまえ》駅前交番の地域警察官の照会によって判明したのだ。場所は、京王《けいおう》線下高井戸《しもたかいど》駅と明大前駅の間、住宅街の目立たない場所にある、地元では『トラック殺し』と呼ばれる高架下だった。京王線の線路をくぐる短いトンネルで、高さ制限は二・八メートル。奪われたトラックの全高が三・一五メートルなので当然くぐれないが、実行犯はわざと猛スピードで高架に突っ込み、箱型の荷台の天井部分を破壊したのだった。警察のトラックとはいえそのような箇所への破壊行為は想定外で、特別な補強はされておらず、荷台の天井部分はぐしゃぐしゃになりながらバナナの皮のようにめくれ、上部内側から押されるかたちになったリアドアまで破壊された。そこに、別の二台の車で待機していた仲間が加わり、拳銃庫を運び去ったのだった。

以上は、物音に驚いて様子を見に来た近隣住民の証言と、蝟集した野次馬がここぞとばかりにスマートフォンで撮影した動画により判明した、状況の一部だ。『一部』しか判明していないのは、ここで実行犯の全員がゴーグルを着け、顔を隠しながら不織布のマスクを外すと代わりに産業用防塵《ぼうじん》マスクのようなものを装着し、飛距離が五メートル以上あるジェットミスト型の催涙ガスを周囲に噴射したため、動画の撮影どころか、誰もまともに目を開けることが出来なくなったのが理由だった。

周囲の人間が目を押さえてうずくまり、悲鳴を上げて逃げ惑う中、実行犯たちはトラックの荷室にあった三台の拳銃庫と弾薬ケースのキャビネットを、あらかじめ待機していた数人の仲間と、用意してあった別の二台の車に人海戦術で移し替えた。

たまたま録画が停止されていなかったスマートフォンの動画を警察が一フレームずつ解析した結果――スマホ自体が振り回されていたのでかなりの労力を要したが――実行犯は金庫を運ぶハンドリフトのようなもので拳銃庫を車に移したことが判明した。

しかし、その動画が捉えたのはほんの数フレームのみで、しかも画面の端にちらりと映り込んでいただけでピントも合っておらず、夜ということもあって画面が暗かった。

なので、メーカーや型番を特定出来ずにいる。

拳銃庫を移し終え、二台の車に分乗した実行犯は、ワゴン車とトラックを放置して走り去った。

あまりにも大胆で乱暴な方法なので、かえってそれが功を奏したようだ。犯行に使われた三台の車も、高架下から走り去った二台の車も全て盗難車で、その場にいた全員がマスクを着けていたので、人相は不明。

後にトラックの運転者とその補助係、そしてトラックとワゴン車が走り去ってからようやくパトカーに備え付けられている緊急脱出ハンマーの存在を思い出し、フロントグラスを破って脱出した警察官たちの証言では、実行犯は外国人。それも東南アジア系と思われるとのことだった。映像の中でも、平均的な日本人よりやや濃い肌の色が確認され、体格や動き方、服の着こなしも、どことなく日本人ぽくない。

そもそも、警察車両を襲うという発想など日本人にはない、と越石もその報告を聞いた時に思ったものだった。高架下で合流した仲間たちも、やはり外国人風だったという。しかし彼らは完全に無言で作業を行っていたため、国籍はわからない。

＊

日本で暴れている外国人は、かつては軍隊出のマフィアなどが多かったが、今は、金もビザも健康保険もなく『だったら仲間で一緒に……』と気軽に犯罪者化する連中が急増している。それに対して多くの日本人は頭を低くして災いを避けながらただ政治と警察に責任を押し付けるだけで、警察の仕事は年々危険に、複雑になり、それに反比例してなり手が減ってきている。

警察官としてあるまじき発想かもしれないが越石はつねづね、この国の司法は正当防衛など違法性阻却事由の解釈を劇的に広げた方が良いと考えている。暴力事件が起きた時に被害者が無抵抗で一方的に傷つけられるのではなく、加害者を容赦なく返り討ちにしても正当性が認められるようにならなければ、今の日本で法が抑止力として機能しないのではないか。そうしないと、世界基準で見ても犯罪者への刑罰が異常に甘いこの〝人権大国〟は、暗い犯罪大国に堕《お》ちかねない、いや、もう片足を突っ込んでいる。

首都高でパトカーの動きを封じられた制服警察官たちも、腰に着けた拳銃を使えばよかったのだ。これほどの〝緊急事態〟もないだろうに。

また募ってきた苛立ちに、越石の頬がぴくりと震える。

それを氷見が、興味深げに観察していた。

冒頭に伝えられた拳銃二挺回収の件を除き、この夜の捜査会議では特に目新しい報告は出なかった。

越石と氷見が本日の捜査について報告した際、同じ巣鴨にある、強奪された拳銃庫を製造しているメーカー、越石と氷見が『金庫屋』と呼ぶ会社の担当者に事情聴取をかけろという新たな命令が、管理官から班長を通して下された。

大和中央署の拳銃庫を製造したこの会社にはもちろん伝えてはいないが、社員や製造現場の者が犯行に関与した可能性もあると捜査本部は考えている。そこで、拳銃庫、特に五十挺入れの商品特徴や緊急開錠方法などを聞き取る名目で、この地域の担当班が週に一度訪問し、担当者から話を聞きつつ様子を窺《うかが》っていた。

しかし事件が重なるにつれて捜査本部の鑑取りが煩雑になってきたため、この班が応援として入ることになり、ちょうど今日巣鴨に行って収穫がなかった越石と氷見が明日から聞き取りを引き継ぐようにいう命令だった。乱暴で雑な配置ではあるが、捜査員不足の状況下ではよくあることだった。

捜査の大方針やその他の分担は変わらず、「捜査にあたっては受傷事故防止に万全を期すように」という管理官の言葉で、捜査会議はお開きとなった。

その後捜査員たちは拳銃保管庫に行き、拳銃と弾丸を返却する。貸出時に記入した貸出票に返却時間を書き込んで署名し、弾丸を抜いた拳銃を保管庫に入れ、弾丸は別の保管庫に収める。そうすると丸いプラスチック製の拳銃引換札が返ってくる。これと証票（ID）記章（バッジ）一体型の警察手帳がないと、翌日拳銃を受け取ることが出来ない。

手錠や警棒など、拳銃以外の装備も当然私物ではないため、勤務が終わると庁舎で保管される。ただし刑事部の捜査員や捜査本部に属している者は、指名手配犯などを緊急逮捕するときなどに備え、それらの携行が認められている。

捜査会議と装備の返却が終わっても大部分の捜査員たちは帰宅せず、各書類の作成や、班内の打ち合わせと称した飲み会を行う。それらが終了するのは概《おおむ》ね深夜の一時か二時頃。しかし何時に業務や飲み会が終わろうが、午前八時半という捜査会議の開始時刻は変わらない。なので、深夜に自宅に帰って翌朝出勤する労力と時間を節約し、少しでも体力を温存するために庁舎に泊まり込む捜査員も多数いる。そもそも業務が終わる頃には終電もとうになくなっているのだ。

「越石、今日も帰らないの？」庁舎内のオープンスペースの隅に陣取り、班の若手がコンビニエンスストアで買って来た酒を選びながら氷見が訊いた。

酒好きの捜査員は、同じ班の者や、気の合う者同士で連れ立って外に飲みに行くこともあるが、庁舎のこういったスペースに集まり、後輩に酒やつまみを買いに行かせてその場の全員で割り勘にして飲むこともある。

「泊まりです。まだ着替えのストックがありますから」

レジ袋から取り出した缶ビールを二口で半分ほど飲んでそう答えた越石は、言い終わると残りを喉《のど》に流し込んだ。オープンスペースの空調も二十八度設定になっているが、ここの設定は集中管理されているので勝手に下げることが出来ない。肌をちくちく刺す不快な室温と湿気の中、よく冷えたビールは一番のご馳走《ちそう》だった。

「東麻布なんていいところに住んでるのに、もったいない。官舎じゃないんでしょ？」

「賃貸マンションですよ」

今どき官舎に住みたがる警察官は稀有《けう》な存在で、よほど異動が多いか、職務上の必要性がある者が渋々住んでいる、または住まわされているケースがほとんどだ。

「だよね。茉莉《まり》ちゃん、淋《さび》しがってない？　ていうか、四歳の娘さんがいたら普通のお父さんはどんなに遅くなっても家に寝顔を見に帰るはずだけど」

「俺、氷見さんに言いましたっけ？　娘の歳まで」

「相棒のことは気になるじゃない」

氷見は質問には答えず、涼しい顔でチューハイの缶を開けた。

「俺に直接訊けばいいのに、なんでわざわざ周りから調べるんですか……時々怖くなりますよ、氷見さんのことが」

「でも別に知られて困るわけじゃないんでしょ。娘さんのことも奥さんのことも」

「そうですけど……」あたりめの袋を開ける。「おい芝口《しばぐち》、マヨネーズは」

「取ってきます」慌ててビールを口からこぼしそうになった若手の芝口が冷蔵庫に走る。

気の回らない奴だ――心の中で文句を言いながら、越石はあたりめをマヨネーズなしで何本か口に押し込んだ。

「お酒飲む時くらい、そのぴりぴりするのやめたら？」

「ぴりぴりしてますかね？」

「してる。いつも。何か家庭の悩みごととかあるんなら聞くよ」

「ないですよ、そんなの」レジ袋に手を伸ばし、缶ビールをもう一本取り出す。

「奥さん、立派な人だしね。小さい頃にご両親を亡くされて、親戚中をたらいまわしにされながらお兄さんと二人で支え合って生きてこられたんだって？」

「そんなことにまで触れないでもらえませんか」

越石はビールの缶をテーブルの上に乱暴に置いた。マヨネーズを持ってきた芝口がびくりと身を竦《すく》める。

「だいたい、誰から聞いたんですか？　そんな細かいことまで」

「だから、カッカしないの」質問をまた無視し、平然とした顔でチューハイの缶を空にした氷見は、日本酒のカップに手を伸ばす。「痛いとこ突いちゃったかな、もしかして」

ああ、突きましたよ。心の中で越石はそう呟くと、「シャワー浴びて寝ます。明日、よろしくお願いします」と言ってビールを飲み干し、立ち上がった。

「はーい」と言う氷見に背を向け、オープンスペースを後にする。

手を振る代わりに、親指と中指でぶら下げたカップ酒を振り子のように揺らしながら
この時間帯、柔剣道場の横にあるシャワールームの待ち時間はどのくらいだろう、仮眠

室の一番涼しい場所は空いているかなと、目の前の現実的なことを考え続ける。
それは、氷見が話題に出した家族のことを意識の外に追いやるためだった。

第二章　八月三日　越石

今朝の捜査会議は自分が参加するから、先に金庫屋の近辺で待機しておいてくれという氷見の指示に従い、越石は拳銃庫からM３９１３を借り出すと、巣鴨へと向かった。

地下鉄巣鴨駅の改札を抜けながら、苛立ちを覚える。交通系ICカード専用の改札機があるのに、紙の切符も使える改札機にICカードをかざして通る馬鹿のせいでそこだけボトルネック状態になっている。すぐ横のICカード専用の改札機ががら空きなのにわざわざ列の後ろに並び、財布ごとICカードを読み取り部分に叩き付けて通るOL風の女。目の前にいる人々にも、こういった些細《ささい》なことにも苛立つようになってしまった自分自身に対してすらも半ば憤慨しながら、越石は地上へと続く階段を上った。

時計を見ると午前八時前。地下鉄に乗る前に比べて明らかに気温が上昇しており、汗が背中を濡《ぬ》らすのを感じる。

周囲に点在するマンションから、何人もの住人が通勤姿で出てくる。その誰もが、越石の巨軀《きょく》に警戒心のこもった視線を向け、そそくさと歩き去る。

駅の近くにあるチェーンのコーヒーショップで、氷見が到着するまで待機することにした。

モーニングセットのベーコンエッグサンドイッチをかじり、アイスコーヒーで流し込みながら、スマートフォン——私物だが、公用利用申請書を提出し、仕事でも使えるようにしたもの——でニュースサイトを検索する。

目新しいニュースはないが、相変わらず『警察は何をしているのか』『国家公安委員会や警察庁は責任を取って全員辞職すべき』などという、ともかく警察や行政機関を批判することが自己表現でありインテリの証明でもあると考えている浅はかな連中の意見がネット上に飛び交っている。決して治安の悪化や人命の喪失を本気で憂えているわけではなく、大声で批判するだけの悪質なクレーマーに近い。越石の頭にふと、『手段のためには目的を選ばない』という皮肉が浮かんだ。

スマートフォンをポケットに戻し、代わりに取り出したポリスモードで、捜査員へ配信された最新情報のチェックをする。

ポリスモードは、民間の携帯電話、データ通信回線および市販の端末を利用する警察独自仕様の通信システムだ。110番通報の内容を文字情報にして各所轄署や各都道府県警下全域の地域警察官に一斉送信したり、GPSによって一メートル以内の誤差範囲で把握される警察官の位置情報を活用したり出来る。逆に現場からは、事件現場の写真などを通信指令室に送ることや、地域警察官が乗るパトカーのカーロケナビで文字や画像情報を共有することが出来る。

ポリスモードにも特別な情報は来ておらず、越石は画面をスクロールして、これまで起こった盗難警察拳銃がらみの事件を読み返した。

対立する暴力団の構成員が金銭トラブルを端に対立。銃撃により重傷を負った構成員一名が、対立グループ側の自動車のトランクに押し込められて拉致《らち》され、行方不明に。

レストランで食事をしていた男女が、近づいてきた男に突然撃たれる。警察官が現場に臨場した時には男性は既に心肺停止。女性も流れ弾により負傷しており、病院に搬送された。被疑者は逃走中。

路上で、建設会社社長が男に腹部を銃撃され、内臓を負傷。被疑者は現場から逃走。同建設会社は、下請け業者を選定する際にまとめ役となる名義人を務め、被害者は暴力団排除活動に参加していたことから、暴力団による犯行の疑いが持たれる。

暴力団の〝鉄砲玉〟が、あるアパートを襲撃し、住民を射殺。しかし、射殺された人物は暴力団組織とは関係のない大学生であり、人違いであったことが判明。

四十九歳の男が、十四歳の女子中学生に一方的な恋愛感情を抱き、つきまとい行為を繰り返したのち射殺。

数十人が集まるパーティに男が乱入し、発砲。パーティの出席者一名を即死させた後に逃走し、現在も行方不明。

迷惑系動画配信者が、動画を撮影するために『ドッキリ』と称し、拳銃を持って銀行強盗を装い、駆け付けた警察官に射殺された。ネット世論では『警察による正義の鉄槌《てっつい》』ともてはやされる。

男が風俗店で従業員女性を射殺した末、立てこもり。数時間後に逮捕された。アジア系と思われる被害女性の国籍などは不明。

高速道路を走行していた車が別の車から銃撃され、後部座席に乗っていた六歳の男の子が死亡。逮捕された男によると、車線変更に腹を立て、あおり運転の末、発砲に至ったとのこと。

十六歳の女子高生が、通学のため自宅を出た時に銃を突き付けられ、複数の男によって強引にワゴン車に無理矢理連れ込まれた。依然行方不明で、警察による捜索が続いている。

女がホテルの部屋で男を射殺し、交際相手の手を借りて山林に遺体を遺棄。逮捕された女の供述によると、男性からストーカー被害に遭っていたとのこと。

離婚について妻と話していた夫が、激昂の後に発砲。妻は死亡し、夫は直後に自殺。

女が、マンション内において男性を射殺し、所轄警察署に自首。デートレイプから身を守るための発砲だったと主張。

男が首相官邸前で首相の射殺を試みるが失敗。SP一名が被弾し、死亡。

会社員の男が、度重なるパワハラに耐えかね、上司を射殺。

まるでこの間の新型コロナウイルスのように一般社会にまん延した、警察拳銃による、『壮観』と形容してよいほどの重大事件のオンパレード。

拳銃を強奪してばら撒いた実行犯を見付けたら送検などせず目の前に並ばせ、俺が銃を乱射して全員殺すというのはどうだ。そこまで考えた越石はかぶりを振り、その物騒な考えを頭から追い払った。

ポリスモードをポケットに仕舞った時、スマートフォンが着信を告げた。氷見からだ。通話のアイコンをタップする。

「はい、越石」

『捜査会議終わって巣鴨に向かってる。今どこ？』

「駅近くのサテンです。今朝の捜査会議、何か新しいことありましたか」

『特になし。そっち、十時には着く。車だから』

「よく借りられましたね」

『前の班が使ってたやつ。地取りを引き継ぐなら車も引き継がせろってゴネてやったのよ。車の消臭スプレー買って待ってて。じゃ』

通話が切られた。

住宅街の細い道を半ば迷子になりながらコンビニエンスストアを探し歩き、ようやく見付けた一軒で消臭スプレーを買う。

レジ袋を提げ、額に噴き出してきた汗を掌で払い落としながら金庫屋の近くの路上で待っていると、狭い道路の角を器用に曲がった覆面パトカーがこちらにゆっくりと向かってきた。車種は、マークX130系後期型。

正式には『私服用セダン型無線車』と呼ばれる捜査用の覆面パトカーは、他の一般車に溶け込むことが重要で、交通取り締まりは行わないので、グリル内に前面警光灯は装備されていない。IPRシステムの車載型無線機の本体はトランク内に固定されており、表示及び操作部はむき出しではなく、秘匿性を優先させてグローブボックス内に設置されている。アンテナも目立たないように、車外用のユーロ型を車内のリアトレイに設置している。

マークXのハンドルを握っているのは、苦虫を噛み潰したような顔の氷見。

「消臭スプレー、買ってきてくれた？」

越石の前を少し通り越して道路の隅に車を停めた氷見が開口一番、そう訊ねた。見ると四枚の窓が全開になっている。

レジ袋から取り出したスプレーを見せると氷見はほっとした顔になり、パワーウィンドウを閉めると、汗の流れる首筋にハンカチを当てながら降りる。

「一本使い切ってもいいから、撒いて。煙草とオッサン臭で吐きそう」

越石は車内に手を差し入れ、念入りにスプレーをする。

覆面パトカーは、毎日洗車されているので外観はきれいなのだが、車内は無線警ら車（黒白パトカー）に比べてはるかに汚い。一般企業の営業車と同じように、捜査員にとっては単なる〝足〟に過ぎないので、いきおい扱いが荒くなるためだ。

灰皿には煙草の吸い殻がびっしり詰め込まれ、ドリンクホルダーには内側が乾ききったコンビニのドリップコーヒーカップ。

スプレーを撒いて数分間待つ。そして左右のドアを開けて二人で中腰になると、車内に散乱するごみを拾い集めた。

「何考えてるんだろう、汚し放題に汚して。ガキじゃないんだから、自分の出したごみくらい自分で持って帰れっての」

「この車、裏返しにして水洗いしたらすっきりするでしょうね」

ぶつぶつ言いながら集めたごみをレジ袋に押し込み、袋の口を結んで後部座席に置く。

氷見は、助手席の足元にあるケースに収納されている、マグネットを使った着脱式の赤色灯を取り出してダッシュボードの上に置いた。覆面パトカーだと気付かない駐車監視員に、駐車違反のステッカーを貼《は》られるのを防ぐためだ。

強奪された拳銃庫を製造した会社『株式会社オオハシセーフ』の担当者は、うんざりした顔を越石と氷見に向けた。冷たいお茶を運んできた制服姿の女性社員が立ち去ると身体を前に屈め、「本当に、勘弁してください。毎週こうやって何十分も時間を取られると困るんですよ」と眉を八の字にして訴える。製品を納めるクライアントのひとつである警察が相手なので抑えているが、もし関係なければ、いいかげんにしろと越石たちを怒鳴りつけたいところだろう。

「申し訳ありません」申し訳ないという表情など作れていないのを自覚しながら、越石が宥める。「何度もお話をしているうちに思い出すこともあるんです。そういう時に重要な情報がよく出て来る」

「でも、毎回毎回、最初から……大枠の話くらい警察の中で共有してもらえませんかね」

お前に言われなくても、とっくに共有しているよ。同じ話を聞きに、毎週巣鴨くんだりまで来たいかどうか考えてみろ。喉元まで出かかった言葉を呑み込んでお茶を啜《すす》ると、笑顔を作る。

うまく笑顔を作れなかったのか、担当者が一瞬、怯《おび》えたような目付きを見せた。嫌味なまでに何度も吐く溜息の合間に、それでも担当者は質問に答え始めた。もう何回も話しているので、言葉はすらすらと出て来る。

拳銃庫の製品説明、大和中央署に納入するようになった経緯、拳銃庫を鍵なしで開けるにはどうすればいいか、事件の日をはさんで社内に何か変化があったか――。

「ぶっちゃけ、うちの社員がやったと疑っているんでしょう？」開き直ったように担当者が言う。

「いえいえ、とんでもない」越石が両掌を相手に向けた。「むしろ、社員さんが関わっていないということを確認するために――」

「あ、やっぱりわかります？　ははは」氷見が越石の言葉を遮った。

掌を額に当てる越石、意外な返答に目を丸くする担当者。

「犯人扱いされたくなかったら、協力した方がいいですよ。ぐちゃぐちゃ文句ばかり垂れられるとこっちも気分悪くなります。うちらだって人間ですから」

担当者の、戸惑いと怒りが混じったような目付き。民間人にこんな態度で接する捜査員など、そこらにはいない珍種だ。

「はい、続けましょう。早くやればあたしたちも早く帰れますから」

結局、既にわかっていること以上の情報もなく、越石は目顔で氷見に『引き揚げましょう』と伝える。氷見が小さく頷いた。

最後に、メモを見ながら事件当日の社員やアルバイトの配置を確認する。はっきり言えばアリバイの再確認なのだがこれも、前の担当捜査員から引き継いだ情報の通りだった。

この会社が抱えるベトナム人技能実習生のアリバイにも隙はない。

「ベトナム人の方はこの建物で働いてるんですか？」

「いえ、ベトナム人は荒川《あらかわ》区の工場に勤務しています。ここは営業所兼倉庫なので少人数で……あ、ベトナム人と言えば――」

担当者が何かを思い出したように立ち上がると尻《しり》ポケットから財布を取り出す。レシートのようなものが大量に詰まった財布の中をしばらくかきまわしていたが、やがて一枚の名刺を取り出した。

「知人から預かっているんです。警察の方が次にみえたら渡してほしいって」

越石が名刺を受け取り、氷見が横から覗き込む。『協同組合オーバーシーズ・リレーションズ　常務理事　西田智尋《にしだちひろ》』とあった。

「何をやっている共同組合ですか？」

「外国人技能実習生のカンリ団体です」

「カンリ団体、ですか」聞きなれない言葉に首を捻る。「技能実習生を管理する団体？」

「管理人のカンリじゃなくて、監督の監に理事の理」氷見が口を挟んだ。「外国人技能実習生の受け入れや、受け入れ企業へのサポートをする非営利団体」

担当者が頷く。「うちもベトナムから受け入れているので、お付き合いがあって」

「技能実習生はみな、監理団体を通して日本で就労するんですか？」

興味が湧《わ》いてきたので訊ねてみる。ベトナム人技能実習生が脱走し、ＳＮＳを通して仲間を募り、盗品や違法物品の売買を行っているというのは、有名な話だ。

「全てというわけではないでしょうが、私が知っている範囲では、皆さんそうされていますね。企業が直接技能実習生の受け入れを行うには、海外に支社や支店があるとか、なくても海外と強く繋がっているとか縛りが厳しいので、企業の多くは監理団体に依頼して

『団体監理型』の受け入れを行うんです」

言いながら担当者が立ち上がる。そろそろ帰れという合図だ。「この西田さんが、なんか話したいことがあるみたいで。警察の人が来る時間に合わせて来たいって言っていたのを、すっかり忘れていました。お呼びするよりも、刑事さんが訪ねられた方が早いんじゃないですか」

本心は、その西田という人物をここに呼んで話したらその分、越石たちが長時間ここにいることになるので、それを避けたいのだろう。

名刺に記載された電話番号は代表番号のみだった。その場で掛けてみる。電話を取った相手に名乗ると、保留にされた。

「お名前がチヒロさん……男性ですよね？　おいくつくらいの方ですか？」スマートフォンを顔から離した越石が訊く。

「男性です。五十代後半くらいじゃないかな」

越石がスマートフォンを耳に戻した時、電話の向こうから、『お待たせしました』と、柔らかい男性の声が聞こえた。

車内の臭いが少しましになり、今度は越石がハンドルを握るマークXは、巣鴨から千石《せんごく》を抜ける。

不忍《しのばず》通りを西に向かうにつれて幼稚園や小学校の表示が増えてきて、小さな子供連れの姿がちらほら見えるようになってきた。

赤信号で車を停めた越石は、目の前の横断歩道を渡る親子を目で追っていた。ちょうど娘の茉莉と同じ年ごろの子供が左手を父親と繋ぎ、右手を上げながら車の前を通り過ぎる。ほんの数メートルの距離を挟んでいるだけなのに、その親子との距離は無限にあるような気がした。

「……信号、青になったよ」氷見が訝《いぶか》しげに越石の顔を覗き込み、言う。

視線を前に戻した越石は、慌てて足をアクセルペダルに戻した。

護国寺《ごこくじ》から首都高速5号池袋《いけぶくろ》線に乗る。

こちらの車線変更を嫌がらせで妨害するプリウスに、氷見がサイドウィンドウを開けて、人差し指にぶら下げた手錠をぶらぶらさせて見せる。慌てて減速するプリウス。さらに、中指を立てた左手を突き出してその運転手を唖然《あぜん》とさせた氷見は、越石に向き直ると訊ねた。

「さっき、どうしたの？　なんかぼやっとしてたけど」

「……いろいろ、考えさせられる風景だったので」

「前を通った子供がだいぶ気になったみたいね。父親にもなると、他人の子供でもやっぱり可愛《かわい》いんだ」

「そうでもないです」

「照れてる？　正直に言えばいいじゃない。普通のことだし」

「子供っていうより、親子を見てたんです」

「うちの方が幸せだろうなとか、うちより平和そうだなとか、比べてたりして」からかうような氷見の目付き。

「うちより平和そう……ですか。それはそうかもしれませんね」

マークXを右車線に寄せてトラックを追い越すために一瞬運転に集中して口を閉じた越石の頭の中に、形容しがたい感情が渦巻いている。

「偽りの平和かもしれませんが」

「どういう意味？」

「氷見さん、偽りの中の幸福と真実に裏打ちされた不幸、どちらを選びます？」

「考えたこともないし、あまり考えたくないね。越石の言う『偽り』の定義は？」

「例えば、テレビコマーシャルやアメリカのシチュエーション・コメディで描かれているような理想的な家族関係を手本にして〝こうあるべき家庭〟を演じて笑顔で過ごしている家族。快活で頼りになるパパ、美人でやさしいママ、道化役のお兄ちゃん、生意気だけど可愛い妹……実際に結構いそうじゃないですか、そういうフォーマットに自分たちを当てはめている家族」

「演じているわけじゃなくて本当にそういう家族がいるかもしれないでしょ」

「いるとしたら、自分たちの本質に目を向けようともしない、真似《まね》ごとで成り立った偽善者家族だと思います」

「同意はしないけど、言っていることはわからなくもない。でも、たとえ真似ごとでも、幸せに生きようとするのは悪いことかな?」

「『幸せに生きようとする』ってことは、地が不幸せってことじゃないですか。そこから目を逸らすな、幸せを偽るな、って言いたいんです」

ちらりと氷見を見ると、氷見は顎を軽く上げて続きを促した。

「もしかしたら、地球上の生き物の中で人間が一番不器用じゃないかって思うんです。家族を一枚岩に保つのに苦労する生き物なんて、他にいませんよ。そういう意味じゃ、虫けら以下だ」

氷見は言葉を返さず、しばらく考えにふけった。

「……越石も極端だよね。まあ、そういう考え方なんだなってことは、わかった」

「仕事のことを考えましょうか」

「そうだね」

西田という男が何を伝えたいのか、何故警察に連絡するのでなく越石たちと直接話したいのか、電話では説明してもらえなかった。

名刺に記載された住所を見ると茅場町《かやばちょう》なので、さほどの距離でもないからこれから車で出向きますと言ったところ、昭和島《しょうわじま》駅前での待ち合せを指示された。西田はこれから事務所を出て電車で向かう、ともかく会ってから話をするという。

互いの携帯番号を交換し、いろいろと腑《ふ》に落ちないながらも電話を切り、金庫屋を出ると車に乗り込んだのだった。

「実行犯、東南アジア系ぽかったですよね。技能実習生の監理団体って……」

「あたしも同じこと考えてた。これってタレコミかもね」

「技能実習生について何か知ってます？　海外から〝現代の奴隷制度〟って非難されてますよね。技能実習制度って」

「基本的なことは知ってる。開発途上国の人たちに日本で知識や技術を培ってもらって、母国の発展に尽くしてもらうってやつだよね。実態は年季奉公だけど」

「機能してないんですか？」

「少なくとも、名目通りには機能してない。高度外国人材の受け入れの方がむしろ健全に機能してると思うよ」

「でも給料は出てますよね？」

「技能実習生の手取りを知ったら、びっくりするよ。ケチで、奴隷並みの搾取労働を強要する実習先からは技能実習生がどんどん逃げ出す。ＳＮＳで脱走者同士が繋がって、マフイア化する。コロナの渡航制限で帰れなくなって、気が付いたら日本にしっかり犯罪者として根を張っていたってのも多い。捕まっても、国選弁護人が自分の味方だという知識が無いから、ひたすら黙秘して心証が悪くなる。でも、司法としてはいつまでも勾留出来ないから、いろいろな法解釈をして釈放する」

「そういえば、外国人の検挙別人員の一覧とか、表面的な資料はいろいろ回ってきますね」

「令和に入ったくらいから、年間に摘発される在留外国人の国籍別トップは、ぶっちぎりでベトナム人。次が中国人。在留中国人の数はベトナム人よりまだまだ多いのに検挙件数では負けてるって、世の中も変わったよね。罪状の内訳はバラエティ豊かで、殺人、強盗、窃盗、放火、不同意性交、略取誘拐、人身売買、道交法違反、賭博《とばく》、公文書偽造、入管法違反、その他。『その他』って一体何が残ってるのか……。因みに万引きは、半数以上がベトナム人の犯行。まあ、量販店の制服を盗んで白昼堂々、店頭から台車で商品をごっそり持ち去るのも万引きに含めるのならだけど」

「ベトナム人犯罪者の全員が犯罪目的で来日したわけじゃないんでしょうけど……」

「犯罪目的で留学生を装って入国してくるのはいるけど、自国で借金を背負ってまで来る技能実習生には、そういうのはほぼいないんじゃないかな。普通に稼げるなら普通に働くでしょ。普通に稼げないから犯罪に走るのよ。犯罪に走らなくても、ノイローゼになって、脱走でなく自殺を選んだ人もいる。でも雇用側が明確な意図を持って搾取しているとか騙しているとかでない限り、労基も監理団体も口を挟めない」

息を吐いた氷見は、どすんとシートに背を預けて続ける。

「技能実習生の生活苦には、稼いだお金のかなりの部分を母国に送金してるっていう理由もあるのよね。日本人より親孝行で家族思いだから」

「つまり給料を多少増やしても送金額が増えるだけで、彼ら自身の生活苦は変わんないわけですか」

「彼らにしてみたら、数年間の辛抱ってこと。まっとうな奴は、年季が明けたらさっさと帰国する。日本に悪印象だけ持って」

「で、まっとうじゃない連中はどんどん犯罪者化して日本の治安が悪くなる、ですか」

「あいつらにしてみたら、日本の警察ってヌルいんだよね。あの国の警察って人権意識なんて欠片《かけら》も無いから、賄賂《わいろ》を掴ませない限り、捕まると洒落《しゃれ》になんない。それに比べて、日本の警察のナメられ具合と来たら、目も当てられない」

氷見が、不意に顔を越石に向ける。

「技能実習制度って、穴だらけっていうか、あえて抜け道をたくさん作った制度なのよ。それを政府が先進国ヅラして上から目線で『国際貢献』とか『人づくり』とか綺麗ごとばかり並べ立てて、虫唾《むしず》が――」

「あ、それは置いといて」越石が慌てて止める。露骨な体制批判を始めた先輩警察官を止めるのも、後輩の役目だ。「改善の動きはないんですか？」

「改善というか、新制度に移行するみたい。労働力の確保が目的って割り切った新制度。最初《ハナ》からそうすればよかったのよ。『国際貢献』なんて所詮《しょせん》おためごかしだってみんなわかってるのにずるずる続けるから、こんな〝犯罪者製造システム〟になる」

「そんなに労働力が不足してるんですかね？　日本は」

「不足してるのは労働力じゃなくて、奴隷。あと、政治家に金でも流れてるんじゃないの？　そもそも、官僚も――」

氷見が体制批判を再開したが、もう止めるのは諦《あきら》める。越石が口外しなければよいだけの話なので、言いたいだけ言わせておこう。


西田との待ち合わせ場所は、東京モノレール羽田《はねだ》空港線の昭和島駅西口を出たところだった。

カーナビゲーションに従って、平和島《へいわじま》パーキングエリアの出口を出て海岸通りを使い、昭和島に入る。

昭和島は大田《おおた》区に属する、〇・六一平方キロメートルの人工島で、工業団地や東京都下水道局の処理場、東京モノレールの車輛《しゃりょう》工場と車庫、緑道公園、スポーツ施設などを擁する。東京モノレールや京急バスの路線があり、車では首都高速1号羽田線や湾岸分岐線が通っているが、それらの出入り口は島内にない。

方向音痴にとって強力な助っ人であるカーナビに感謝しながら、越石は無事昭和島駅に到着した。これが昔のように紙の地図で場所を探していたなら、地図を自分の進行方向に合わせてぐるぐる回し、ここにたどり着くのに今の倍以上の時間をかけて氷見を呆れさせていたことだろう。

西口前の道路は対面二車線で路肩がないため、歩道に並んで先が見えないほど自転車が置かれた自転車置き場の切れ目にある工場の敷地入口に半分突っ込むかたちでマークXを駐《と》めた。何か言われるか他の車が来たら動かさなくてはならないが、運転席に人がいる限り見逃してくれるだろう。車の場所と特徴をショートメッセージで西田に送っておく。

十分ほど経った時、左のサイドミラーに人影が見えた。体重八十か九十キロあたりか、かなり恰幅《かっぷく》の良い男性で、半袖のボタンシャツの前がはちきれそうになっている。

助手席の氷見に目顔で知らせると、氷見もサイドミラーを覗き込んだ。

車の横で立ち止まった男が腰を屈め、サイドウィンドウの外から車内に会釈をする。氷見が助手席側のウィンドウを開けた。

「どうも、西田です」

顔面をびっしょりと覆った汗をハンカチで拭きながら、男が言った。

「越石です。こちらが氷見」越石は自己紹介をすると、ドアのロックを解除した。

西田が「失礼します」と乗り込んでくる。おそらく背中いっぱいに広がっているであろう西田の汗が後部シートの背もたれにべちゃりと貼り付くところを想像して気分が悪くなったが、表情を殺す。

「こんなところにお呼び立てして、申し訳ありませんね」

「取り敢えず、移動しましょう」

私有地に無断駐車中なので、早く出て行った方がいい。越石はマークXを一旦《いったん》敷地内に乗り入れるとUターンする。警戒心を隠そうともせず、無線機を口の前に構えて遠くからこちらを見ている警備員に一礼すると、道路に向かった。

「道に出たら左に曲がって下さい」

西田が言った。巨軀ではあるが物腰は柔らかく、言葉も丁寧だ。

「左に曲がって、どこに行けばいいですか」氷見がカーナビに手を伸ばしながら訊く。

「都度お教えしますので。行き先は、羽田鉄工団地にある自動車修理工場です」

越石と氷見は顔を見合わせ、目顔で頷き合う。『いいですか？』『いいんじゃない？　別に』という意思確認だった。氷見はカーナビから手を引っ込め、越石も「わかりました。お願いします」と言ってハンドルを握り直す。

走っている間に、氷見が監理団体とは具体的にどういうものか西田に質問をした。ハンドルを握る越石は聞き役に徹する。

監理団体とは、金庫屋の担当者が言ったように団体監理型技能実習の受入れの監理を担う団体で、主な役割は技能実習生のサポート業務と、受入企業で適正な実習が行われているか確認する監理業務だ。

サポート業務には、現地の送り出し機関の選定と契約、送り出し国での面接同行、受け入れ企業の技能実習計画作成に対する指導、技能実習生の入国手続き、入国後講習などが含まれる。

監理業務は定期的な監査と報告、保護と支援などで、技能実習生が帰国する際には、帰国旅費の全額も負担する。

越石や氷見にとっては畑違いではあるが、急増する脱走技能実習生による犯罪に関連する、興味深い説明だ——そう思って助手席に目を遣ると、氷見は後部座席から見えない膝の上にスマートフォンを置き、西田に相槌《あいづち》を打ちながら猛スピードで何かを検索している。訊かずしてもわかった。西田が本当のことを言っているのか、『技能実習制度』『監理団体』のワードでネット検索しているのだ。

首都高速1号の下を通り抜け、大きくUターンをするかたちで北上する。

視界の隅で、氷見がスマートフォンをバッグに入れる。どうやら西田は〝試験合格〟らしい。

「そのまま真っすぐ進んで下さい」

「どこまで行くんですか？　車を停めるところなんて全然ないですよ」氷見が口を挟む。

確かにここまで、路肩と呼べるスペースがまったくない道が続いている。

「もうすぐ、『羽田鉄工団地』と書かれた標識が見えますからそれに従って入って下さい。そっちに行くと駐車スペースがありますから、そこで話しましょう」

西田の言う通り、鉄工団地に入った途端に、左右に白線で囲まれた駐車スペースが出てきた。道路のはるか先まで続いている。

直射日光が当たらない側の駐車スペースにマークXを滑り込ませる。エアコンをオフにしたくないのでエンジンはアイドリングしたままパーキングブレーキをかけた。

「さて」越石が口を開く。「お話されたいことは何でしょうか」

振り返って西田の顔を正面から見るとプレッシャーを与えるので、越石と氷見は前を向いたままだった。

「僕の所属する監理団体の担当じゃないんですが、知り合いの技能実習生から大変なことを聞かされまして」

「どういったことでしょう」

越石が質問を重ねている間に氷見が、西田の表情を窺えるようにさりげなくルームミラーに手を伸ばして自分の方に向けた。

「経営は日本人なんですけど現場はベトナム人が任されている自動車修理工場が、この近くにあるんですが……」西田が言い淀《よど》んだが、越石たちが先を促すように黙っているので続ける。「そこの人たちが、例の拳銃強奪事件に関わっているかもしれません」

「根拠は？」越石は事務的に返した。こういう情報提供はよくあるので、いちいちまともに受け止めていたら精神がもたない。

「そこに、さっき言った知り合いで、個人的にもいろいろ助けたことのあるグエン・ドー・トゥンという技能実習生がいるんですが、そいつが見たって言うんです。大量のリボルバー拳銃を」

呼吸が一瞬、止まった。氷見の肩も強張《こわば》る。

「四月の頭に、トゥンの仕事仲間の何人かが工場に金属製の保管庫を持ち込んできて、どう開けるか議論していた、と。アセチレンバーナーがあるので蝶番《ちようつがい》を焼き切ろうとしたんですが簡単にはいかなくて、最終的に裏仕事専門の開錠師を呼んだら、三十分ほどで開けてくれたそうです。その中に拳銃が大量に……」

「その後、どうなったんですか？」

「そこにいた、トゥンも知らないベトナム人が、バンに積んで持って行ったそうです」

「そのベトナム人、トゥン以外の人たちは面識があるわけですよね」

「それを今日、本人に訊きに行こうと思って」

「トゥンから拳銃の話を聞いたのはいつです？」

「一昨日《おととい》です。もしやと思ってニューナンブM60の画像を検索してトゥンに見せたら『こんな感じだった』と」

「……何故、警察にすぐに連絡しないであたしたちを待ったんですか？」咎《とが》めるような口調で、氷見が訊く。

「トゥンも含め、そこで働くベトナム人たちにはいろいろ事情がありまして……」

西田が口を濁した。

「大方、脱走技能実習生や不法残留者あたりでしょ。もしかしたら手配中の逃亡犯も交じっているかもね」厳しい口調で氷見が続ける。

「本人も僕に伝えるのにだいぶ葛藤《かっとう》があったみたいなんですが、勇気を出して話してくれたんです。そこを理解してあげて下さい」

「警察が問題にするのは感情論や精神論じゃなくて、物質論と法律論なんです」

冷え切った声で氷見が断ずる。

「警察捜査で二日間のタイムラグがどれだけ大きいか、想像つきます？」

「僕にもいろいろ事情がありまして……」

西田の声に、まだ何か言おうとした氷見が口を閉じる。

「それに、僕が通報しても、警察は真剣に取り合ってくれませんから」

西田の言う『事情』については、何度訊ねても口を閉ざしたままだった。

その自動車修理工場は静寂に包まれていた。

「今日は休みかな」正面ゲートに少しだけ開いた隙間を苦労して通り抜けながら、西田が呟いた。

「それか、みんな逃げたか」氷見がぼそりと言う。

工場の正面ゲート反対側の路上にマークXを駐めた越石がそれに続き、工場の敷地に歩を進めた。

工場の敷地内だというのに、妙な生活感があった。まず目に飛び込んできたのは、物干し竿《ざお》に掛けられた洗濯物。作業着やウェス類ならわかるが、ジャージやパーカー、下着までが乱雑に掛けられている。

「洗濯物が干してあるということは、中にいますね」西田に追い付いた越石が言う。

「あてになりませんよ。ベトナム人は夜でも雨の日でも洗濯物を干しっぱなしにすることが多いですから」

「いつ取り込むんですか？」

「着る時です」

染みついた排気ガスやオイルの臭いに混じり鼻孔に届く、ほのかに酸っぱい香辛料の香りと、それと複雑に絡み合う異臭。見るとガスバーナーを改造したコンロの上に、大きな鍋が載せられている。鍋の底に少し残ったスープ。横にはガラ入れのつもりらしいプラスチックのゴミ箱。そこに、何日分だろうか、鶏の骨や野菜の切れ端が山のように積み上げられている。臭いの元はこれだ。

鍋の周りには小さな椅子や、椅子代わりのタイヤや木箱が合計十人分ほど。そこらに散乱する煙草の吸い殻、ビールの空き缶、飲みかけのペットボトル。分別されていないので回収されなかったのか、ぱんぱんのゴミ袋がいくつも置かれている。

「ここに住んでるんでしょうか」誰にともなく言ってみた。

「住んでいる人もいます。家賃がかからないから」慣れ切った顔で、西田が応える。

「ベトナム人が現場を任されてるっておっしゃいましたね。どういう人なんですか？」

「その人は実習生ではなく、在留資格を持っている社員です。正社員ではないと思いますが」そこで躊躇《ちゅうちょ》した西田が、気持ち低めの声で続ける。「その人の在留カードが本物だとも限りませんし」

「偽造の在留カード、どのくらい出回ってるんですか？」氷見が振り返る。

「把握しきれないくらいの数が出回っています。酷いのだと〝本物の偽物〟と呼ぶべきものもあります。一旦犯罪歴が付いて本国に戻っても、本国で写真を入れ替えて変造した他人のパスポートで再来日して本物の在留資格を手に入れるケースです。日本で見破るのは不可能ですから」

工場の隅に建つプレハブ事務所のドアノブを捻る。鍵がかかっていた。

「Có ai không?（誰かいますか？）」西田が声を掛けるが、反応はない。

「氷見さん、窓から覗いてくれませんか」

「こんなブラインド越しじゃわからないわよ。誰もいなさそうだけど」

「鍵は持っていませんよね？」西田に訊く。

「いいえ。さすがにそこまでは。電話してみます」

西田がそう言ってスマートフォンを取り出したとき、工場の奥で鉄パイプのようなものが転がる音が聞こえた。

「誰かいるわね」

「いますね」

拳銃が都内にまん延し、あちこちで銃撃戦が行われている昨今、制服、私服を問わず、警察官の神経は研ぎ澄まされている。越石は確かに、頰と背中にチクチク刺さるような、本能の警告を感じた。

西田に向き直り、人差し指を唇に当てる。腰のホルスターからM３９１３を抜くと、マガジンに弾丸がフル装塡されていることを確認し、ゆっくりとスライドを引いて初弾をチエンバーに送り込み、再びホルスターに戻す。氷見もその後ろで、P230の装弾を確認した。

「俺が見てくるから氷見さんは西田さんと車に戻って、トゥンに電話を入れて下さい」

「奥にいるのがトゥンだったら馬鹿みたいじゃない。あたしも行くわよ。西田さんは車に戻って、中からロックして待っていて下さい。誰か来ても、ドアを開けないように」

「僕が言うのも何だけど、ここは応援要請をした方が――」

「『誰かいるみたいです』程度で応援要請なんて出来ません。『では確認しろ』って言われて終わりです」

諦めて小走りに車に向かう西田を見送った二人は、いつでも走り出せる体勢を取りながら歩を進めた。越石が横目でちらりと氷見を見る。低い位置で銃を構え、腰を落として足の親指の付け根あたりに重心を置き、摺《す》り足気味で歩を運んでいる。

突如、氷見が左に向け横飛びに転がった。一瞬後、臑《すね》のあたりにチリチリした殺気を感じた越石も本能に従って同じ側に転がる。さっきまで自分の脚があったところを鉄パイプが空振りした。左側の物陰に飛び込んだ時、鉄パイプで臑を払おうとした男と目が合った。勢い余って体のバランスを崩している。越石は駆け出すと男にタックルし、足払いを掛けて仰向けに地面に倒す。そして相手の右手を踏みつけると、鳩尾《みぞおち》に踵《かかと》を叩き込んだ。男が悶絶《もんぜつ》する。

くれているのだ。
氷見の方を見ると、銃口をあちこちに向けて警戒している。越石のバックアップをして

越石は、M3913を構えた。

目の前の男に手錠を掛けたいが、こんな開けた場所にいると格好の標的になる。そう思った越石は、遮蔽物《しゃへい》が多い工場奥のパーツショップへ走った。銃は四十五度下に向けて両手把持している。こういう時に映画やテレビドラマでは銃の狙《ねら》いを付けながら索敵するが、あれは役者の顔のアップを撮るための演出で、実際にそんなことをすると足元が見えなくなり、つまずいて無様に転倒することになる。

鉄線が埋め込まれたガラス扉を押し開けようとした瞬間、左腰に衝撃を感じて倒れ込んだ。同時に銃声が轟《とどろ》き、目の前のガラス扉に白い穴が開く。地面を転がりながら隣に目を遣ると、腰にぶつかってきたのは氷見だった。背後から狙われた越石を救うべく腰に体当たりをしてきたのだ。

氷見が何かを言ったが、断続的に響き渡る銃声の中ではとても聞き取れなかった。氷見は肩でドアを押し開け、パーツショップの中へと滑り込んだ。

越石はその場で振り向いて銃を構え、「Police! Stop, or I'll shoot!」と警告する。

さっき悶絶させた男が、立ち上がってふらふらと後退しながらこちらに発砲している。案外タフな奴だ。

当たりはしないが、身体のすぐそばをいくつもの小さなものが飛び過ぎるのを感じた。アドレナリンが急速に分泌されるのが、自分でも感じられる。

トリガーを引いた。掌を竹刀で叩かれたような、拳銃射撃の感覚。男が工場の奥に姿を消す。

拳銃を握り直し、ロックオンされないよう動き回りながら敵の姿を探す。整備中のトラックの陰に駆け込む誰かの姿が見えたが、どうも様子がおかしい。工場のあらゆるところから視線を感じる。追い詰めたのではなく、網を張って待ち構えているところに飛び込んでしまったという感覚。

新たな銃声が聞こえた。今度はパーツショップの中からだった。こちらを狙ったのではなく、屋内で争っている。銃声と怒号、何かが落ちて壊れる音。中で氷見が襲われ、一人で応戦しているのか。

中に飛び込もうとする越石の動きを、工場内に潜む何者かが点射で封じる。

高圧洗車機の陰に身を潜めた越石を狙い撃つために作業用梯子《はしご》に上って身を乗り出す東南アジア系の男の姿が見えた。手にしているのはニューナンブM60。ここにもか。越石は銃を構え、トリガーを絞った。男が大きくのけぞり、梯子から転げ落ちる。

ショップの中で別の誰かと撃ち合っている氷見を援護するため越石は、敵の射線上に身をさらすのを承知で一か八かと飛び出した。工場のあちこちから銃声が響き、機械や地面に当たって跳弾となった。越石もでたらめに撃ち返しながらパーツショップに走る。

身を低くし、弾着をかいくぐってショップの中に駆け込んだ越石は、カウンターの下に転がった。

「あいつら、何挺持ってるんだ⁉」

また銃声。カウンターの反対側に貼られているカレンダーに穴が開いた。

「しつこいのよ、あいつ」

カウンターの下で身を屈めていた氷見が、いまいましげにショップの奥に向けて顎をしゃくる。

越石と氷見は体勢を立て直し、カウンター越しに奥からの銃撃に応戦する。

壁の商品棚を覆うガラスに蜘蛛《くも》の巣のような弾痕《だんこん》が次々と現れ、一瞬後に砕け落ちる。銃撃の合間に奥に目を走らせると、後ろ手に縛られ、転がっている若い男の姿がちらりと見えた。別の商品陳列棚の陰に氷見が張り付き、Ｐ２３０を奥に向けて連射する。越石はマガジンを抜き、残弾を数える。チェンバーに装塡されている一発を含め、あと三発。

カウンターの奥にいる射手が立ち上がった。その手にはやはり、ニューナンブM60。パニックに陥っているらしいその男が喚き声を上げながら全弾を撃ち尽くすのを数えた越石と氷見が立ち上がり、男の上半身に銃弾を撃ち込んだ。その男の足元で、血を全身に浴びた別の東南アジア系の男が、悲鳴を上げながら這い出してくる。

「Put the gun down!」

越石の英語の警告が理解出来なかったのか耳に入らなかったのか、その男が越石に銃を向ける。

勝手口のドアが開いたらしく、奥に光が差したかと思うとさらに別の男が現れた。ためらわず氷見に銃を向ける。悲鳴を上げていた男も、大慌てでこちらに銃を向けた。

越石と氷見の銃が同時に火を噴く。雷鳴のような銃声の四重奏に薬莢《やっきょう》が床を跳ね回る音が混じり、数秒後にショップは沈黙に包まれた。

床に散乱した様々なものを踏み散らしながら氷見がカウンターの中に入り、ショップの奥に歩を進める。

「氷見さん、危ない」

「逃げた、全員」

氷見がやや青ざめた顔をこちらに向けて断言する。越石も奥の方へと向かい、床に倒れた男の脈拍を確認した。死亡している。

「誰か縛られていませんでしたか」

「撃ち合っている間に、立ち上がって逃げるのが見えた」

男たちが残っていないことを確かめた越石は外に飛び出し、氷見はスマートフォンを取り出して緊急通報を行う。

自動車修理工場の広いスペースに飛び出した越石は、周囲を見渡した。越石に撃たれて梯子から転げ落ちた男の姿もない。弾丸を撃ち尽くしてスライドが開き切ったM３９１３のスライドストップを親指で押し下げ、スライドを戻した。もうこの銃は威嚇《いかく》にしか使えない。

誰もかれもが立ち去った工場の中が、死んだ巨大動物の胎内のように思えた。目の端に唯一動いているものは、のれん式のビニールカーテン。

外の陽光で透けて見えるそのオレンジ色のビニールカーテンに走り寄り、左手でかき分けようとしたが考えを変え、横にある鋼鉄製のドアに近づいた。手前に開く、右開き式のドア。越石は銃を左手に持ち替えると右手でノブを捻り、顔と左半身だけを外に出して銃口を右側に向ける。外は通りに続く一方通行の細い道路だった。誰もいないと見るや、銃を右手に持ち替えて左側に銃口を向ける。こちらにも、誰もいない。

くそっ、と声に出し、銃をホルスターに戻して取って返すと正面ゲートに走る。工場から出ると、強い夏の日差しが目に差し込み、ついでに汗が目に流れ込んで視界を塞ぐ。

左手の甲で目をこすり、汗を振り払った越石はマークXに身体ごとぶつかって走るのを止めると、サイドウィンドウを掌でばんばんと叩いた。後部座席に伏せるように身を屈めている西田の姿が目に入る。汗で、シャツの後ろがぴったりと背中に貼り付いていた。

「西田さん！　大丈夫ですか！」

ロックを解除して下さいと言いながらドアハンドルを引くと、最初から施錠されておらずあっさりとドアが開いた。ロックせずにシートに伏せていても意味がないだろうと怒鳴りたくなったが、こらえる。

「怪我《けが》はないですか？」

「ありません」言いながら身を起こす。シートに伏せた時に半袖シャツのボタンが飛んだのか、第三ボタンが外れて中の肌着が見えている。

「誰かここから出て行くのを見ませんでしたか」

「いえ、誰も」

「越石、応援呼んだぞ！」背後から氷見の声と、駆け寄る足音。

「西田さん、降りて下さい」

腕を掴んで西田の重い身体を引っ張り出し、氷見に預けた越石は運転席に回るとエンジンを掛け、路上にタイヤの焦げる匂いを残して車を急発進させた。

こちらの位置を悟られないよう赤色灯もサイレンも使わず、怪しい暴走車がいないか、ベトナム人の集団を乗せた車がいないか、探して回る。

カーナビがうるさいので切ったのが間違いだった。昭和島と東の京浜島《けいひんじま》を繋ぐ京和橋《きょうわばし》、北の平和島と繋がる南海橋《なんかいばし》、西の大森東《おおもりひがし》とを繋ぐ人道橋の大森東避難橋付近を見て回るうちに、自分がどこを向いているのかわからなくなり、気が付くと他に車など走っていないさびれた一画に出ていた。

どうして俺はこんな方向音痴なんだ——車から降り、近くの電柱を蹴る。

南海橋の方向——だと思う——から複数のサイレンが聞こえてきた。現場を封鎖する所轄の警察官と、初動捜査を担当する機捜（機動捜査隊）に違いない。追っ付け、鑑識と本部の捜査員も駆け付けるはずだ。

現場の説明は氷見に任せよう。越石は再びマークXに乗り込んだ。

ベトナム人たちがいつまでもこのあたりをうろついているとは思えないが、何かの手掛かりはあるかもしれない。慌ててどこかにぶつかった跡とか、目撃者とか。

藁《わら》にもすがる思いで、越石はマークXを走らせ続けた。

第三章　六か月前　トゥン

会計を済ませると、ドン・キホーテの黄色い大きなレジ袋を二つ提げて、春日《かすが》通りに出た。

金曜夜の御徒町《おかちまち》は賑《にぎ》やかで、コロナ禍の数年間の穴を埋めようとしているかのように酔っ払いと客引きで溢《あふ》れている。

いつも思うのだが、ここまで酔っ払ってふらふら道を歩ける国は本当に珍しいのではないか。日本以外の外国には行ったことがないが、普通に考えると、夜の街でこんな歩き方をしていたり酔い潰れて道で寝転んだりしていたら身ぐるみ剝がされて半裸で朝を迎えるか、いろいろ盗《と》られてそのついでに殺されるか、または警察に問答無用で留置場に叩き込まれて翌朝出された時に財布が空になっているか、だ。

しかし、こんな平和で能天気な街にも、裏がある。酔っ払ったサラリーマンの間をすり抜けるように歩き去った男の肩からは隠しきれない裏の世界の匂いが染み出ていたし、歩道に立って呼び込みをしている女性たちの三人に一人は、何とも形容し難い、嫌な気配を漂わせている。ここ数年で、そういった匂いにも敏感になってきた。

そのあたりに鈍感、いや、敢えて目を向けようとしないで性善説を信奉し、国内は平和だと思い込みたがるのが日本人だ。

以前に動画サイトで観《み》たことのある歌舞伎《かぶき》や人形浄瑠璃で――あまりの退屈さにすぐに別の動画に移ったが――観客は舞台の上にいる『黒衣』が気にならないのだろうかと、日本在住歴の長い同胞にSNSで訊いたことがある。そいつによれば、観客は黒衣の存在を意識の外に押し出して〝いないこと〟にしてしまうらしい。そいつはさらに、日本人にはおしなべてそういう傾向があり、余所《よそ》者の存在や犯罪率の上昇など、現実に存在するが見たくないもの、認めたくないものを意識しないことが多い、と続けた。

それで得心が行った。いまや日本は外国人で溢れる移民国家なのに、日本人がそれに気付かない理由。トゥンたちが好き勝手に動き回れる理由。それは、日本人にとって、特にトゥンたちのような不法滞在の外国人が、いわば不可視の存在だからだ。

重いレジ袋を持ち直し、ドンキの裏の通りに入る。袋の中身は、缶ビールのパックや缶コーヒー、水、緑茶のペットボトル。そして酒のつまみや、客に出すスナックとして、甘辛く味付けされたイカゲソ、柿《かき》の種、ビーフジャーキー、抹茶味のキットカットやミニバームクーヘン。ついでに調理用の牡蠣《かき》油《あぶら》やマヨネーズ。

腕が痛くなってきたので袋ごとサンタクロースのように肩に背負い、一階から最上階まで飲み屋しか入居していないビルに入る。

一基しかないエレベーターが、ちょうど下りてきたところだった。サラリーマンの三人連れと、そのうちの一番年嵩《としかさ》の男に腕を絡めたママが、嬌声《きょうせい》を上げながら降りてくる。

四人は脇で待つトゥンを一顧だにせず、外に向かった。ママは表通りまで見送るらしい。

上りエレベーターに一緒に乗る羽目にならなくて良かった。

レジ袋を背負ったまま、エレベーターで四階まで上る。降りる時に、他の利用客のためではなく、自分が動いた痕跡を少しでも残さないために一階のボタンを押しておく。

トゥンが向かうのは、かつて五階でカラオケスナックとして営業していたハコだ。元々は店舗スペースでなかったのか、エレベーターは四階までしか通じておらず、四階のフロアに並んだカラオケスナックの間にある階段を一階分だけ上がったところにある。

そのハコは、表向きはテナント募集中なので、人一人分の幅しかない階段の下にはシャッターが下りている。

両隣のそれぞれのスナックから漏れ出るカラオケの騒音がフロアに響く。周囲を見渡して誰もいないことを確認したトゥンは、スマートフォンを取り出すと上にいる仲間に電話を掛けた。

「トゥンだ。戻った」

「今行くよ」

電話が切られてすぐに上でドアの開く音がし、どたどたと足音が降りてきた。最若手のズンだ。語源はわからないが日本語で『シキテン』という、見張り役を任されている。

中からシャッターが開けられる。トゥンの腰あたりの高さまで開いたところで、身を屈めてくぐった。

「重くて大変だっただろう。一人で行かせるのは気の毒だよね」

内側からシャッターを閉めて施錠したズンがレジ袋を一つ取り、先に階段を上るトゥンに続く。

「いいさ。外の空気を吸うだけでだいぶ気分転換になる。中は煙草の煙がこもってるからな」

トゥンはそう言いながら、階段を上りきった左側にあるドアを開いた。

カラオケスナックの頃から内装を変えていないその部屋の中には、トゥンの言った通り、煙草の煙がもうもうとたちこめていた。

カーペット敷きフロアの隅にテーブルや椅子が積み上げられており、真ん中に空いた空間に、八人のベトナム人が胡坐《あぐら》をかいている。

彼らが囲んでいるのは、幅一メートルほど、長さはほぼ部屋の端から端まである長方形のパンチカーペット。長辺と並行して真ん中に白いテープが貼られ、パンチカーペットの面積が半分に分けられている。その上に散乱する、大量の一万円札。

真ん中に座る〝親〟の目の前には陶器の皿と、その上に伏せられた茶碗《ちゃわん》。

『ソックディア』が行われている、賭場だ。

　ソックディアは一種の丁半博奕《ばくち》で、トランプのマーク部分を丸く切り抜いて作った四枚の小さなカードを皿の上に置き、上から茶碗をかぶせて上下によく振る。参加者は表を向いたカードが奇数枚か偶数枚かを予想し、金を賭《か》ける。当たれば賭け金とその同額が払い戻され、外れれば没収される。奇数か偶数かだけでなく、その枚数まで当てると五倍から十倍で払い戻しされる高額配当の方式もあるが、以前にそれで揉めた客同士の流血沙汰が起こったので、ここでは採用していない。

〝親〟のダットが、振り終えた茶碗と皿をパンチカーペットの中央に置くと、「いくら賭ける？」と客を見渡す。

「十万！」「二十五万！」「四十万！」と客が景気の良い声で応じた。中には「百五十万！」という豪傑もいる。中央に線が引かれたパンチカーペットの片方が奇数エリア、もう片方が偶数エリアになっており、一万円札の束が無造作にそれぞれのエリアに放り投げられた。

「もうないな？　開けるぞ」

　全員が固唾を呑み、その視線が茶碗に注がれる。ダットが茶碗を開けた。

「ハートとスペードの偶数！」

　歓声と悲鳴。負け側の札束が次々と回収され、勝ち側には倍付けで払い戻される。

　博奕好きのベトナム人は多く、目端の利くベトナムマフィアはかなり早い段階で来日してベトナム人コミュニティに狙いを付け、SNSを通して多くの在日ベトナム人を首までどっぷりと博奕にはめてしまった。

今の在日ベトナム人社会は、同胞が同胞から金を搾り取るという状態になってきているのだ。

トゥンたちはマフィアに賭場を開帳させてもらっている立場で、そのマフィアというのは新興や半グレではなく、本国と繋がった本物だった。

賭場の場所は転々と変えなくてはならないので、ダットたちがアパートや空き店舗などを手配し、寺銭としてアガリの一割を受け取る。

一割だと、家主から追い出されたり、警察に逮捕されたりするリスクに見合わないと思ったダットは、マフィアに抗議したことがある。しかし、マフィアの男たちはそれを聞きながら拳銃や牛刀を弄《もてあそ》び、

「威勢がいいな、ホアン・ティエン・ダット。ナボ村の家族は元気か？」

「お前の妹は八歳下だからもう十九歳か」

「そろそろいい女になった頃だな。一度顔を拝みたいもんだ」

とにやにや笑いながら言い出したので、ダットは口を閉じる以外なかった。

ではアガリを誤魔化すかという案も当然出たが、マフィアもそこまでお人好《ひとよ》しではない。開帳の際には必ず一人、マフィアの一員が客を装って〝盆〟に入っている。その男が記録

している数字と実際のアガリが合わなければ、ダットたちがその分自腹を切らなくてはならない。

客を装ったその男に金を握らせてみては——というのが最近のダットたちの、酒の席で一番よく出る話題だった。

ズンと一緒にトゥンは、買ってきたものを冷蔵庫や棚に収納した。今夜のところは紅一点のマイが、客に出す缶コーヒーやビールを手際よく丸盆に並べる。

ひと息ついたトゥンは温かい缶コーヒーを一本手に取ると、煙草の煙を搔き分けるようにして壁際まで行き、出入り口から反対側の壁に取り付けられた内開き窓を開けた。

大きく深呼吸して外の冷たい空気を吸い込み、開いた窓から一メートルほど先に隣接する古い雑居ビルの、こちらよりやや斜め下にあるガラス窓を見下ろす。ダットが日本人のホームレスから買った名義で借りている、小さな事務所だ。

什器《じゅうき》も何もないその事務所の窓は常に開きっぱなしになっている。こちらから漏れ出る光に反応してその窓から顔を出したのは、防寒着に身を包み、スマートフォンを手にしたロンだ。

この男はいわば『脱出補助係』で、客が賭場から逃げ出す羽目になった時にそれを手伝う役目を担っている。警察が下のシャッターを破って踏み込んできた時に、まずズンたちが細い階段で足止めする。その間に客は、窓からロンのいる事務所に飛び移る。ロンは、次々に飛び込んでくる客同士がぶつからないよう誘導し、ビルの非常階段から外に逃がす。

逃げることを拒否する選択肢は、客にはない。そいつが捕まるのは勝手だが、ダットやトゥンたちのこと、何より元締めのマフィアのことをべらべら喋られたらたまったものではないからだ。飛び移ることを躊躇しても、脅されるか後ろから押されるかで、結局跳ばざるを得ない。逃げるか、ビルの隙間に落ちて死ぬか、好きな方を選べということだ。

「落とすなよ」トゥンはそう言うと、手にした缶コーヒーをロンに放った。

スマートフォンを持ったまま受け止めようとしたロンの手の中で缶が滑り、躍った。それを慌てて両腕で抱え込むように捕まえたロンが、笑顔を向ける。

「助かるよ。窓を開けっぱなしにしなきゃならないから、寒いんだ」

「全身が煙草臭くならない、そっちの方がマシだよ」

「そろそろ役目を入れ替えようぜって、ダットに言っといてくれ。そっちが恋しくなってきた」

「わかった」

トゥンはそう言うと、窓を閉めた。

＊

七年前。

ベトナム社会主義共和国、クアンナム省タンビン県の、内陸部の農村。

人を恐れない鶏や家鴨《あひる》が闊歩《かっぽ》する未舗装の道の奥に突如出現した、二階建ての家。間違いなく、この村が始まって以来最も豪華なその家が、トゥンの人生を変えた。

日本の三重という地方の工場で技能実習生として働いていた、トゥンの子供の頃からの友人であるハイが三年もの間、日本から家族に送金して建てた自慢の家だった。

トゥンが届け物のお使いに行った時は、ちょうど一家で食事中だった。家族はじかに床に座り、これも床にじかに置かれた大皿や椀《わん》から食べ物を自分の皿によそっている。ベトナムの一般的な食事スタイルだ。ハイと、赤ちゃんを抱いたハイの妻、幸せそうな両親。そして彼らが囲む、敷物の上に並べられた豪勢な食べ物にも目を奪われた。

トゥンに笑顔を向けたハイは、二十五歳にしてすっかり金持ちの顔付きになっており、かつて泥だらけになってナマズを捕まえていた頃の面影はまったくない。

一緒に食べていけというハイの言葉に甘え、食事の輪に加わる。

食べながら、ハイが日本での技能実習について詳しく教えてくれた。ハイのいた工場は有難いことに残業が多く、受け取っていた給料は残業手当込みで手取り十六万円。このあたりの住人にしてみれば目の玉が飛び出るような金額だ。月の生活費として三万円を費やし——これにも驚いた。そんな大金を一か月で、一体何に使うのだろう——残った十三万円は毎月、仕送りする。その金で、技能実習生となるために工面した借金を完済し、三百二十万円の自宅も完成した。

近隣の村にも、日本での技能実習から帰って来た者がいた。こちらは姉弟で日本に働きに行き、それぞれ月に十三万円と十四万円を五年間送金して豪邸を建てた。農家の月収は二万円程度なので、とてつもない親孝行だ。

現在その姉弟は、ベトナム国内の森林ビジネスに目を付けて投資を始めている。

金は送るが実家には戻らず、日本語能力を利用してハノイの日本人学校で職を見付ける者もいれば、実習先の企業がベトナムに進出する際の現地法人の管理職ポジションに就く者、製造業の外資大手に引っ張られる者もいた。人それぞれの人生があるが共通しているのは、高学歴でないにもかかわらず、若くして金持ちになったことだ。

バイクに乗って近隣の村を走り回るとどこの村にも、帰国した技能実習生たちが立てた家や今まさに建築中の家があった。その様子を見て、その技能実習生の話を聞いて、希望者がどんどん増えていく。

日本の『技能実習制度』については、トゥンが生まれ育ったこの小さな村でも噂されることはあったが、皆どこか疑わしいものを感じ、及び腰であった。

それが変わったのはここ数年のことだ。テレビ以外の家電製品がなく、電気洗濯機を持っている家庭もほとんどないので大きなたらいで洗濯をしている、時代に取り残されたこの村にもスマートフォンが普及し、様々な情報が洪水のように入ってくるようになってからだった。

ベトナム人は——東南アジア人全般に言えるかもしれないが——広告やテレビ番組は所詮政府や一部の上流階級によるプロパガンダでしかないと考えており、マスメディアを信じていない。一番信頼しているのは口コミで、そんな中、スマートフォンとＳＮＳアプリが、とんでもない量の口コミを可能にしたのだ。

三年で大金持ちになれる——夢のようなその話は、あらゆるＳＮＳに飛び交うようになった。もちろん、差別や待遇の悪さも発信されることはあったが、日本での技能実習を終えて地元に〝凱旋《がいせん》〟した実習生たちが体現する成功例と並べたら、そんなものなどたちまちかすんでしまう。

そしてこの年、二〇一七年の十一月以降は、それまで最長三年間だった技能実習期間が最長五年に延長されることになった。

「おれは三年で帰らなきゃならなかったけど、もしお前が五年間行ったらもっと稼げるな。うらやましいよ」そう言いながらも余裕たっぷりな笑顔で、ハイはトゥンの肩を叩く。

その瞬間、トゥンの心に火が点いた。

今の生活環境を無条件に受け入れて生きていくのはやめにしよう。人生の一発逆転。日本に働きに行く。この村では一生かかっても稼げないような大金を家族に送り、立派な家を建てる。村一番の分限者《ぶげんしゃ》になってやる。

ハイいわく、以前は中国人が多かった日本での技能実習生だが、現在では半分以上をベトナム人が占めているらしい。中国人にとって、海外に出稼ぎに行くメリットが自国の経済成長によって薄れ、二〇一一年の震災や、中国国内の大規模な反日運動もきっかけとなって希望者が大幅に減少した。そして、一人っ子政策下で生まれたわがままな若者は扱いづらく、日本の企業が敬遠するようになった。それにベトナム人がとって代わったのだ。

技能実習制度というものについて日本政府は、外国で特定ジャンルの技術を身に付け、自国に持ち帰って自国の発展の一助とするとかいうお題目を掲げているらしいが、馬鹿らしくて苦笑いしか出ない。労働力が欲しい側と、金が欲しい側の利害が一致しただけということは子供でもわかる。ベトナム政府も、一九九八年九月に『41号指示』で、労働者・専門家の輸出は経済社会活動であると明言している。

親戚や銀行から必死で金をかき集めたトゥンは、ハイから紹介してもらったハノイの技能実習生送り出し機関に応募し、日本企業の面接を受けた。

面接に合格すると、送り出し機関が運営する訓練センターでの半年間の寮生活が始まった。家族や親戚そして銀行から借りた一万ドルを送り出し機関に払ったトゥンはこの時点で一文無しとなったが、三食付きの寮生活でしかも休日も自由時間もないので、勉強をしながら取り敢えず生きていくことは出来た。

合計六百人ほどいる訓練生たちは、胸にベトナムと日本の国旗がプリントされた揃いのユニフォームに身を包み、軍隊式教育で日本語や日本文化を学ぶ。

朝六時に『労働は幸福をもたらす』と日本語とベトナム語で唱和して、ラジオ体操と清掃。八時から一時間の授業が六コマ。各授業後の休憩と昼休みと午後の清掃を挟み、十六時半からは再びラジオ体操、十八時に夕食。そして十九時から午後二十二時まで自習。二十二時半に消灯。自由時間は一切なく、帰省も許可制。

日本語能力試験では、トゥンはN2を取得した。N1からN5まであるレベルの中で、多くの日本企業が要求するN4より二段階も高い。

実習生の認定に際して前職要件の証明として外国人技能実習機構に提出する「同種業務従事経験等証明書」がないので、家族に頼み込んで百ドルを送金してもらい、偽造書類の作成を請け負う会社に作ってもらった。

そして二〇一九年に日本に渡り、群馬県の山間地域にある建設会社に入る。

技能実習生にとって就労先は『運』でしかない。トゥンが入った会社はその点で、外れだった。毎日六時に出社、精神論の塊のような訓示と、相変わらずやる意味がまったくわからないラジオ体操の後、全員が車で現場に移動し、八時から十七時まで働く。寮に戻るのはだいたい二十一時過ぎ。一日五千円の日給制。梅雨などで休みの多い期間は、手取りが六万円台になることもあった。日本人の日雇いが日給一万円であることとの疑問を社長にぶつけたこともあるが、わざと難しい言葉と言い回しを使われて煙《けむ》に巻かれてしまった。しかし、翌年からのコロナ禍により来日が叶《かな》わなくなったり、実習先から首を切られたりした連中に比べればまだましかと自分に言い聞かせていた。

寮は会社が契約した2Kの古いアパートで、そこでベトナム人実習生五人と共同生活をする。家賃としてそれぞれの給料から毎月二万円が引かれていたが、後で調べてみたところ、実際の家賃は共益費込みで月合計五万円だったことがわかった。

そして、現場では全てのミスの責任が技能実習生たちに負わされ、休み時間や昼食時間に行われる、『指導』と呼ばれるが憂さ晴らしでしかない暴力や、『余興』と呼ばれる酷いいじめ。

監理団体には、毎月または三か月に一度、実習先の定期監査を行う義務がある。しかし、この会社の担当者は半年に一度来るか来ないかだった。担当者が来る日だけは技能実習生たちに新しい作業着が支給され、日本人たちは皆丁寧かつ熱心に技能実習生に接する。おまけに作業後には社長から「今日もご苦労さん。夕食代にしてくれ」と一人につき千円が渡された。

「何か要望があったら言ってください」と言う監理団体の担当者に、「毎日来てくれませんか」と本音を言ってしまった技能実習生はその夜遅くに、生傷と痣《あざ》だらけの顔でしょんぼりと寮に帰って来たものだった。

外国人技能実習機構のSOS窓口の存在は皆知っているが、まったくあてにしていない。相談ダイヤルで対応するのは同機構の職員や非常勤職員だが、同じベトナム人でも大卒の彼らは、高卒中心の技能実習生たちを下に見ており、真摯《しんし》に相談に乗ってくれないのだ。

ならば脱走するしかない。昼休み中、他の技能実習生たちと一緒に犬のリードのようにロープを首にかけられ、下半身をむき出しにされ、四つん這いで足を上げて小便をさせられているところを、スマートフォンで撮影しながら大笑いしている日本人たちの顔を見ながら、トゥンは心を決めたのだった。

*

回想から我に返ったトゥンは、ソックディアが開帳されている店内を見渡した。

特に異常はない、いつもの夜だ。

〝親〟を張って盆を仕切っているダット。二〇一八年に、技能実習生ではなく留学生として来日した、仲間のリーダー格。勉強目的ではなく最初から金儲《もう》け目的で日本に来たので、学校など行かずに早々に逃げ出して、まっとうなビジネスから犯罪まで色々こなし、家族に送金を続けている。

ダットを受け入れた学校は福祉学部系の大学だが名ばかりで、日本で金を稼ぎたい人々のための単なる入国窓口と化している。この学校だけで年間七百人近い留学生が除籍、退学、所在不明となっているが、大学側は対策に乗り出すわけでもなく、静観している。大学にしてみれば、学生数の定員割れを防げて、入学金を稼げればそれで良いのだ。

ダットの本業は、昭和島での自動車修理工場の現場作業だ。在留カードが偽造品なので正社員にはなれないが、日本人の経営者による采配《さいはい》で、現場主任のような立ち位置にいる。ついでに盗難自動車や部品を海外に売り捌《さば》くというこの工場の裏の商売も手伝い、偽造ナンバープレートの販売も最近始めた。

『おれが日本を出る時は、強制送還される時だ』と割り切っている犯罪者体質だが、同時に、大変フェアな人物でもあるとトゥンは見ている。人格者というわけではなく、自分にとって得になる相手であれば人種国籍を問わず大事にし、そうでなければ分け隔てなく切り捨てる、という意味でのフェアさだ。

飲み物や空いたグラスを載せた丸盆を手に、客とキッチンとの間をひっきりなしに往復する、マイ。ズンと同じ二十二歳だが、この女も苦労している。

マイは、仲間にもう一人いる女性のスアンと二人で、瀬戸内海《せとないかい》の島にある魚介類の調味加工品製造工場で働いていた。他に技能実習生として住み込みで働いていたのはやはりベトナム人の六人の女性たち。

そこの五十代の社長と社員たちが曲者《くせもの》で、パスポートを取り上げられた女性たちは全員、夜な夜な性的関係を強要されていた。社長や社員たち、時にはその両方が毎晩、工場に隣接するプレハブ二階の宿舎に忍び込み、マイとスアンを合わせた八人の女性たちに、男性一人対女性二人やその反対、多い時には男性七人対女性八人での性行為を強要する。それに応じなければ残業代が支払われない。

日本人の相場をはるかに下回る、一時間あたり三百円の残業代とはいえ貴重な収入を逃したくない彼女たちは、ひたすら耐えていた。しかし、ついに我慢のならなくなったマイとスアンが、監理団体の担当者に救済要請をしようと提案した。ところが、他の女性たちが隠蔽《いんぺい》を主張し、二人と六人に分かれて対立する羽目になってしまった。

デモなどが禁じられる社会主義国で育った人々には、権利侵害や不正に団体で立ち上がるという発想がない。さらにこの件が明るみに出れば、彼女たちは被害者であるにもかかわらず、封建的なベトナムの田舎にある実家に帰れなくなり、夫や恋人にも捨てられかねない。そして何よりも、実習先が営業停止などの行政処分を受けたりすると、自分たちが失職する。

結果、マイとスアンは、会社側に付いた六人の女性たちの監視下に置かれることになり、スマートフォンも取り上げられてしまった。たまに許しを得て家族や友人に連絡をする時には必ず全員に囲まれて通話内容や送信内容をこと細かにチェックされ、滅多にない休日の外出すら同僚たちに禁じられるという生活。

ある日を境に、社長と社員たちが毎晩「マイとスアン以外は集合」と事務室にその六人を集めるようになった。マイとスアンの今後の対策に関する会議だ。

対策会議は終盤に差し掛かると、決まって酒の入った乱交パーティとなる。マイとスアンは示し合わせ、いつも宿舎に取り残されることを幸いに、必要最低限の身の回り品を詰めたバックパックを階下に隠して逃亡の準備をしていた。

そしてある夜、会議が始まった時に、同僚たちが部屋のそこここに少しずつ隠している現金を退職金代わりにバッグや上着のポケットに詰め込むと、宿舎を抜け出した。パスポートの回収は諦めるしかなかった。

これも隠してあった自転車でフェリーの停泊所まで必死で走り、最終便に飛び乗る。もしこれに間に合わなかったら、二人の人生は終わっていただろう。ともかく姫路《ひめじ》まで出て、近くの公園で身を寄せ合って一晩野宿をし、大阪、名古屋《なごや》を経て流れ着くように東京に来た。その間どうやって生計を立てていたのかはトゥンにも想像は付くが、ともかく二人は偽名を使ってSNSで情報収集しているうちにダットと出会い、仲間に入ったのだ。

スアン以外に今ここにいないメンバーはティンとミンとズイ。スアンも交えたこの四人は今、盗難車のトラックを運転して栃木県にイチゴを〝仕入れ〟に行っている。行き先は元々ミンとズイが技能実習生として勤務していたイチゴ農家。ここもなかなか問題の多い雇用主で、代々続く個人経営のためか労働に関する法律の概念がなく、しかも『技能実習』という言葉を真に受けているので、残業手当が出なかった。

　実習生は日本に金を稼ぎにきているのだから、残業が多いのはむしろ歓迎する。中には、『雇用主が労働基準法を守るせいで残業が少ない』という理由で脱走する者もいるくらいだ。ともあれ、時間外労働を無料奉仕でさせるのは、頭がおかしいとしか思えない。

　しかしこの『やりがい搾取』は日本では結構多く、多くの日本人労働者が唯々諾々と従っていると聞く。トゥンたちには理解不可能な国民性だった。

「そもそも、勉強に来て金をもらうのはおかしい」という思考回路の雇用主に、休みなしどころか元旦にまで駆り出されて掃除などでこき使われた挙句、げっそり痩せこけたミンとズイは、ほうほうのていで逃げ出したのだった。

　そのイチゴ農家で、今まさに収穫を待つイチゴをトラック一台分頂いてくるというのが今夜の四人のミッションだった。

　盗んできた果物などは、ＳＮＳで売り捌く。ベトナム人の間では『Zalo』の利用者が多いが、盗品売買はフェイスブックの方が安心して行える。

　フェイスブック内には『Bộ đội《ボドイ》』と呼ばれるグループが日本の地方別にいくつも存在す

る。『Bộ đội』とは「部隊」や「兵士」を意味するベトナム語だ。そのフェイスブックグループ内で売買されるのは、盗難品をはじめ、麻薬、飛ばしの携帯電話、車検の通っていない車、銀行の口座、そして偽造書類——健康保険証、運転免許証、在留カード、マイナンバーカードなどの公的書類や、卒業証明書などの私文書など。

加えてブローカーによる仕事の斡旋《あっせん》も行われているが、それよりも、金払いを渋ったり逃亡したりするブローカーの告発や報復の協力依頼の方が多い。

ソックディアの盆に目を戻す。茶碗の中身に一喜一憂するベトナム人たちを見ていると、ここが母国ではないということを忘れることがある。そういう時、「自分は日本に住んでいるのだ」と頭の中で言葉にして、それを自分自身に再認識させる。

しかしその後に必ず、おれは何をやっているんだという気持ちが湧き上がってくる。

人生の基盤は東京になっているが、持っている身分証は全て偽造したもの。

自分が何者なのか、本当に存在しているのかすら自信が持てなくなるような、ふわふわした、妙な気分をいつも抱えていた。

田舎からハノイに出た。

訓練センターで、血を吐くような思いをして日本語と日本の生活習慣を学んだ。

期待に胸を膨らませて日本に来た。

必死で働いた。

プライドと人生が破壊された。

日本に愛想を尽かした。

生きていくために悪事を重ねた。

おれはこんな生き方を望んだのか？　おれの人生はこのままなのか？　そもそも、今のおれは一体、何をしたいんだ？

故郷でハイに肩を叩かれた時の高揚感は、いまや影も形もない。

第四章　八月三日　夜　越石

越石と氷見は銃撃戦の後すぐ警視庁に戻り、西田を一課の捜査員に預けると、報告書を作成した。

昭和島では、鑑識と機捜に続いて駆け付けた捜査一課の捜査員と、自分たちが撃った場所と弾丸の射出方向を確認し、数の合う空薬莢を回収しているので、それと齟齬《そご》のない報告書をすぐに作ることが出来た。現場見取り図を添えて提出する。

越石の発砲と襲撃者の死亡については幹部が若干緊張したものの、詳細が明らかになるにつれその表情は落ち着き、捜査会議で深く論じられることもなかった。

幹部の見解は、越石と氷見による拳銃使用は適法であり、監査には掛けられるが形式上のもので、問題視はされないであろうというものだった。

『警察官等拳銃使用及び取扱い規範』を今回の昭和島での事件にあてはめると、警察官に対する、銃器以外の武器による攻撃及び銃器の発砲があったので、公務執行に対する抵抗抑止のため拳銃を構えることが可能となる。次に、越石は英語で予告を行っている。それでも相手が警察官に対する銃撃を止めなかったため威嚇射撃を省略したが、これは第七条の3で認められている。

ここ数カ月間の拳銃のまん延とそれに伴う一般人や警察官の受傷の増加を受け、公式にではないが、警察官の拳銃の使用規定と使用後の手続きはこれまでより格段に緩くなっていることも、越石と氷見にとって幸いした。

本来、発砲した警察官はその一発一発について詳細に説明した報告書を書かなくてはならないが、それも簡略化されている。今回の事件群に関しては捜査員の発砲数が記録的な多さになっているので、一発一発検証していては、報告書を作成する側も報告を受ける側も、本来行うべき捜査活動に割く時間がなくなってしまうからだ。

管理官に名前を呼ばれ、起立した越石と氷見が詳細を報告する。

相手方で姿をはっきりと確認出来たのは六人。そのうち一名が死亡。縛られてパーツショップの床に転がっていた男と、撃たれて梯子から落下した男を含む残り全員は車で逃走。梯子から落ちた男は被弾しているため、都内の救急病院へ緊急手配が入っている。

死亡者は身分証も在留カードも所持していなかったため、出入国在留管理庁を通して東京出入国在留管理局で指紋の照合が行われた。結果、この男性はベトナム国籍の二十六歳、レー・カット・ミンと判明した。栃木県のイチゴ農家で技能実習生として働いていたが、もう一人の実習生、チャン・コン・ズイと共に脱走し、それ以来行方がわからなくなっていた男だ。

入国管理局、監理団体、かつての実習先からズイの顔写真が取り寄せられ、捜査員にポリスモードで展開された。

そして、警察内および民間のベトナム語通訳人に招集がかかり、フェイスブックのベトナム人コミュニティや、Zaloに入り込んでの捜査が始まる。

現場では、越石たちとの銃撃戦で弾丸を撃ち尽くし放置されたニューナンブが三挺回収された。この報告に周囲の捜査員はどよめき、一斉に越石と氷見に賞賛の目を向けた。しかし、管理官の「気を抜かないように。まだ実行犯の手元には相当数残っている」という言葉に、全員の頬が引き締まった。

管理官が二人に真っすぐ顔を向ける。

「捜査協力者の西田氏には氷見と越石に付いてもらう。二人が担当していた聞き込み捜査は捜査一課の第四班に引き継ぎ、西田氏からの更なる情報の収集に努め、逐一本部に報告するように」

一旦言葉を切った管理官が、続けた。

「実行犯の追跡にあたって危険が予想される場合は応援を要請すること。状況によってはオペレーションに特五を出動させる」

特五とは警視庁刑事部捜査一課特殊犯捜査係（ＳＩＴ）の第五係を指す。第一係から七係まである中で、特殊犯に関わる重要かつ特異な事件や、特命事件の捜査を遊軍的に担当している。

警備部に所属し、政治色の強い事件を制圧することを第一目的とした警視庁警備部警備第一課特殊部隊（SAT）の出動の話は、今のところ出てきていない。

他の捜査員の報告と今後の捜査方針の確認が行われた後、「捜査にあたっては受傷事故防止に万全を期すように」という、管理官のいつもの締めの言葉とともに、本日の捜査会議は終了となった。敬礼の後、目の前の資料を片付けた捜査員たちがざわざわと会議室を後にする。

越石は何とも言えない尻の据わりの悪さを感じていた。隣の氷見も同じなのか、落ち着かなそうにボールペンを弄んでいる。

「越石」周囲の捜査員が立ち去った後、氷見が小さな声で呼んだ。

「はい」

「西田さんて、めちゃくちゃ重要な協力者だよね。何であたしら二人だけで？」

「……俺も不思議に思いました。最初にコンタクトしたのが俺らだからか、民間人を大勢の警察官《サツカン》で囲むと良くないからか、とか考えたんですが、そのレベルじゃないですよね」

「普通だったら有無を言わせず一課が連れ去って、メシ付きでどこかのホテルで保護して、あの手この手で情報を吸い出すくらいの重要人物だよ」

事情聴取で西田は、不良ベトナム人の巣窟《そうくつ》になっている自動車修理工場を知っており、そこで拳銃を見たとトゥンから聞いたので、たまたま知り合いの会社に毎週来るという捜査員を案内しただけ。あくまで警察に対する善意の協力で、こんなことになるとは思ってもいなかった、トゥンとも連絡が取れなくなっている、と話しているという。早速、複数班で協力体制を組んでのトゥンの捜索が開始された。

「本社は、汚れ仕事は俺らにやらせて、逮捕だけをかっらさおうという魂胆かも……あ、すみません」

氷見が警視庁の捜査員だということを失念していた。

「いいよ。そういうこと、本当にやるし。あたしら」

「それにしても」声をさらに潜める。「西田さんの話そのものがあまり出なかったですよね。〝上〟が、話すのを避けてる感じがしませんでしたか？」

言葉にして初めてわかった。さっき感じた尻の据わりの悪さはこれだ。

「関わりたくないような、冷たい感じだったよね。調べてみるかな」

そう言って立ち上がった氷見の顔に、例の邪悪な表情が浮かんでいた。

庁内にある会議室のうちいくつかを班ごとにまとめて当てがわれた臨時の〝デカ部屋〟に戻り、スペアマガジン一本と弾丸の追加借り出しの申請書をそれぞれ書く。

「だいたい通んないんですけどね、これ」申請書に印鑑を押した越石がぼやく。

「あたしが明日朝一番でスタンプラリーやってくるから、それ貸して」氷見が手を伸ばし、書類を取り上げた。「本庁って何もかも書類だらけで面倒だけど、一旦決済が下りたら何でも早いもんだよ」

自席の引き出しに二人分の申請書を仕舞いながら、軽い口調で言う。

遅い時間になっても、オープンスペースではいつものささやかな飲み会が開かれていた。いや、越石と氷見を待っていたような気配すらある。

「三挺回収、すごいな」二人が暫定的に所属する班の先輩が、二人に冷たいビールを渡しながら笑顔を見せた。

「偶然です」「優秀ですから」越石と氷見の声が重なる。先輩は苦笑いをしながら、二人と乾杯をした。

銃撃戦の詳細を班の人間に説明したり、実行犯に関するそれぞれの意見を言い合ったり推理したりしているうちに時計の針がてっぺんを越え、誰かが言い出したわけではないが後片付けや割り勘の精算をし始めた時、一人の男が姿を見せた。

「お疲れっす」と自然な感じで入って来たその男の身長は百八十センチくらい、口ひげと顎ひげを蓄えた丸顔に細い目、短めに刈った髪を整髪料で立たせている。

その男は何をするでもなく、ぶらぶらと歩き回りながら、帰り支度をしたり、余った飲み物に名前の付箋《ふせん》を貼って冷蔵庫に仕舞ったりする捜査員たちを見ている。

誰でも使えるスペースなので、見知らぬ捜査員や職員が出入りするのはいつものことだ。

一同は気にせず、一通り片付けて「お疲れさん。また明日」と、三々五々去っていく。越石も一緒に出ようと歩き出すが、その男が隣にぴったりとくっつくように立ちふさがり、「越石さん、ちょっとだけいい？」と気さくな感じで話し掛けてきた。

去りかけていた氷見も立ち止まり、何だといった顔で戻って来る。

「まあ、座って下さいよ」

男が、まるで自分の家といった口調で椅子を二脚引いた。どこかで見た顔だなと思いながら越石が座る。

椅子ではなくテーブルに尻を乗せた氷見が言った。

「いつも捜査会議で、あたしらの左の遠くの方にいる人だよね」

そうか、思い出した。ほとんど報告や発言はしないが、大会議室の後ろの方の席に座っているのを見たことがある。

「あ、さすがですね。大和中央署の真鍋《まなべ》っていいます」

真鍋の自己紹介によると、配属は刑事課、階級は越石と同じ巡査部長とのことだった。

「いや、うちもいろいろ大変で」

人ごとのように言いながら真鍋は冷蔵庫に歩き、勝手に越石たちのビールを取り出した。その言葉とは裏腹に、鳩胸《はとむね》と言っていいくらい上体を反らし、自信ありげな雰囲気を漂わせている。

「あ、飲みます?」

「もう飲んだからいいよ。で、何の用事かな」越石が応える。

「いや、用事ってほどのもんでもないんですけど、一度話したいなって思ってて」プルタブを引き、美味《うま》そうに喉を鳴らしてビールを飲む。

「銃撃戦、大変だったみたいだね。おれまだ経験なくて」

突然、タメ口になった。

「出来れば一生、経験しない方がいいよ」

気さくというよりは馴《な》れ馴れしい、真鍋の態度や話し方が鼻に付いてきた。

「ね、発砲した後の報告書とか、簡素化されてるんでしょ? 教えてよ、その辺も」

越石の隣の椅子に腰かけた真鍋が身を乗り出す。団子鼻から荒く出て来る鼻息が手の甲に感じられ、不快だった。

「もう遅いから、次に説明するよ」

「またそんなあ」真鍋が越石の二の腕に軽いパンチを入れる。初めて話すのに『また』もクソもないのだが。

「じゃあさ、あの西田って人はどういう人なの?」

「どういう人も何も、会議で報告した通りだよ。技能実習生の監理団体の人」

「いや、そうじゃなくて、どんな性格かってこと」

「飲みながらべらべら喋る内容じゃないな、それ」

「いや、いいじゃん。仲間なんだから。教えてよ、ねえ」真鍋がすり寄ってくる。「教えてくれないんだったら、おれも連れて行ってよ。明日また会うんでしょ？」

「自分の捜査はどうするんだよ」

「いや、相方に言っとくから。ルーティンの地取りだし、どうせ」

聞き込みをこんなに軽視する捜査員に会ったのは初めてだ。越石の中で、真鍋に対する不信度が急激に上がった。

「いきなり新しいサツカンが加わるのはよくない」

「いや、かえって安心するんじゃない？　人数が増えると」

「まあ、本人に訊いとくよ」

「とか言って、訊かない気でしょ。連れてってよ、ねえ」鳩胸を押し付ける勢いですり寄ってくる。

気持ち悪くなってきた。何なのだ、この押しの強さは。飲み屋でしつこい酔客に絡まれた時のような気分だ。ノリのいい奴や気の優しい奴だったら、こいつの押しにコロッと負けることだろう。

「取り敢えず、明日も早いから切り上げよう」

越石が立ち上がると、『逃さないよ』とでも主張するかのように、左側にぴったりとくっつく位置で真鍋も立ち上がる。

「なんだ、淋しいな、いいじゃん、もうちょっと。泊まりなんでしょ、どうせ」

「今日は家に帰る。じゃ、お疲れ」

越石が立ち去ろうとした時、氷見が、テーブルの上に置き去りにされようとしている空き缶を指差し、真鍋に言った。

「二百四十五円」

「え?」

「ビール代」

「あ、これっすか」真鍋が空き缶を見る。さすがに、警部補の氷見には最低限の敬語を使うようだ。

「今、財布持ってないんすよ。また今度ってことで」わざとらしくズボンのポケットを外側からぱんぱんと叩いて財布を探す仕草をし、悪びれる様子もなく、愛想笑いのつもりらしいにやにや笑いを浮かべる。

「踏み倒す気でしょ」つかつかと真鍋に歩み寄った氷見が、真鍋の脇腹や尻をくすぐる。

「うひゃひゃひゃひゃ、くすぐったい、やめて下さい。うひゃひゃひゃ」身をよじって笑う真鍋。

「きちんと払ってもらうからね」氷見はくすぐるのをやめ、真顔になった。「もう休みなさい。何時だと思ってんの」

いやあ氷見さん、たまんないよなあと言いながら真鍋が出て行く。

「何だったんですか、今のいちゃいちゃは」

答える代わりに氷見は右手を突き出す。その掌に、魔法のように黒革の二つ折り財布が現れた。

「あのねえ、氷見さん……」

「前に捜査で知り合った、その道一筋五十年のスリに教えてもらったのよ」

氷見はためらわず財布を開けると、小銭入れの部分からきっかり二百四十五円取り出して自分の財布に移した。

「はい、支払い済み。越石、この財布、男子トイレかどこかに落としておいて。誰かが拾って届けるでしょ」

越石は財布を受け取った。まるで不良の先輩の使い走りになった中学生のような気分だ。

「一応、指紋拭いといたほうがいいよ」

「そうします。しかしあの真鍋っての、胡散臭《うさんくさ》いですね」

「図々《ずうずう》しい、押しが強い、嘘つき、ケチ、パーソナルスペースの取り方がおかしい、人に何か言われたら『いや』と一旦否定して話し始める……そのくらいかな、今わかるのは。まとわりついてくるかもしれないから、どういう奴か今のうちに調べておいたほうがいいかもね。重労働になるなあ」

「ぶつぶつ言う氷見に続いて越石も歩き出し、オープンスペースの電気を消すとエレベー

ターの前で別れた。

東麻布二丁目でタクシーを降りる。一向に収まらない夜の熱気にたちまち噴き出してき

た汗をぬぐいながら越石は、家族と住まうマンションを見上げた。

築三十年ほどの、五階建て中層マンション。四階左端が越石の部屋で、リビングルーム

の灯は、残念ながら点いていた。

官舎や寮に住んでいる警察官は、実は全体のごく一部で、多くは民間の賃貸や持ち家に

住んでいる。官舎、寮、公舎に住むことを強制される警察官は、特別な任務を帯びている

者、警察署長、副署長、刑事課長など幹部の一部となる。

官舎が警察官に人気がない理由は、「ボロいから」の一言に尽きる。

結婚が決まった時に、民間の賃貸物件から新居を探そうと提案した越石に、「官舎に住

むんじゃないの？」と訊いてきたのは、当時はまだ婚約者であった円《まどか》だった。家賃が格安

の官舎に住むつもりでいたのだ。

越石が実情を説明することになった。

「官舎って、入居時には壁紙やふすま、畳のリフォームはなし。前の住人が必要最低限の

原状復帰をした状態で入居する。つまり前の住人が入った時にふすまや畳が既に破れていたなら、その住人は破れたままの状態で退去していく」

円の眉根が寄せられた。

「それが嫌なら、自腹で勝手にリフォームしろというスタンス。部屋の鍵も原則としてそのまま使用。嫌なら自腹で交換。修繕は警察署の担当職員を通して手配するので時間がかかる。この修繕費も自腹。あと――」

「もういい。わかった」円が話を遮り、笑う。

「わかってくれて有難う。住宅手当も出るし、子供が出来た時のことも考えて、ちょっと広めの家を探そう」

そう言って二人で笑顔を向け合ったのを、昨日のことのように覚えている。

マンションの前の道を左右見渡し、怪しい人影がないことを確認すると、エントランス横のパネルに鍵を差し込んでオートロックのガラス扉を開ける。

空気の循環がなく息苦しいエレベーターを四階で降り、鍵束の音でこの階の住人に迷惑をかけないよう、キーホルダーを握りしめて廊下の端まで歩く。

深夜の廊下に並ぶドアが、青白い蛍光灯に照らし出されて並んでいる。それらのドアも住人と共に眠っているように見えた。

近年の犯罪率の増加と、ここ数カ月の拳銃まん延を受け、このマンションでも、中国や台湾のように、各世帯のドアの外側に鉄格子のドアを溶接するべきかと自治会で討論されている。

しかし今のところ、主に高齢者世帯が主張する反対意見の方が強い。『性悪説が広まる』『このマンションでそのような事件は起こるわけがない』『子供が鉄格子に手を挟むと危ない』、挙げ句の果てには『犯罪者が来ても、誠意をもって接すればわかりあえる』などという、越石にしてみれば正気を疑いたくなる意見や見解が幅を利かせている。表向きの治安だけは良かった日本で人生を過ごした世代の大声に、高い危機意識を持つ若い世代の意見が封殺されている状況だった。

音を立てないように鍵を開け、そっとドアを開く。洗濯物の入ったボストンバッグを玄関口に置くと、上がり框《かまち》に腰を下ろして靴を脱いだ。

玄関とリビングルームを隔てる屋内ドアのチェッカーガラスの向こうに、円の姿が見えた。越石に気付いて出迎えるのではなく、ドアまで歩こうとして思い直し、どうするべきか立ち止まって迷っている気配が伝わってくる。

「ただいま」

玄関のドアを施錠し、屋内ドアを開けて室内に入った越石はそれだけ言うと、リビングルームを横切った先にあるアコーディオンカーテンに向かう。洗濯機がその向こうに置かれている。

一か月前までだったら、洗濯物など放り出して娘の茉莉の寝顔を見に行くところだが、今はそんな気持ちも持てない。茉莉も、始終ぴりぴりしている越石に上から覗き込まれたら恐怖を感じるかもしれない。

円が遠慮がちにリビングルームから声を掛ける。

「お帰りなさい……お休み」

汚れものをボストンバッグから出して洗濯機に移しながら越石も、「ああ」とだけ応えた。

あの〝忌まわしい件〟が発覚した直後、円はどこか必死な様子で、食事は済んだかとか洗濯物は自分がやるからお風呂に入ったらなどと言ってきたものだった。しかし越石は反応出来なかった。

円は、越石が意地悪でそっけなくしているわけではなく、円と同じくらい、もしかしたらもっと苦しみ、葛藤と必死で戦っているのだと悟ってからは自ら越石と距離を置き、必要最低限のコミュニケーションしか取らなくなった。

越石の家庭は、完全に破綻《はたん》していた。

自動式の洗濯機が回り始める。洗濯機の反対側がトイレなので、越石がここにいると円がトイレに行けなくなる。洗濯の残り時間を確かめた越石は、リビングルームに戻った。

自室に向かうついでにキッチンに寄り、冷蔵庫から冷えた麦茶を取り出す。

冷蔵庫の中にはいつでも越石が食事を摂れるよう、何種類ものおかずが容器に詰められて並んでいる。

食べられるかな——そう思った越石はその一つを手に取り、蓋を開けてみた。鶏胸肉《とり》の油淋鶏《ユーリンチー》。

元々料理の得意な円の作るものはどれも美味《おい》しく、栄養バランスもきちんと考えられている。しかし越石はその油淋鶏を見た途端に吐き気を覚え、シンクに向かって二回ほどからえずきをした後、蓋を元通りに閉めて冷蔵庫に戻した。

円が作ったどんな見事な料理でも、今の越石には生理的不快感を覚える汚物にしか見えない。

＊

この状態が始まったきっかけは、一か月ほど前の非番の日に、円の兄である國廣雄一《くにひろゆういち》の見舞いに行ったことだった。

板橋区《いたばし》の精神科病院。雄一はここで一年ほど入院生活を送っており、たまたま近くに行く用事があった越石が予告なしで病院を訪れたのだった。

雄一の症状は、うつ状態と躁《そう》状態が複数回反復するというもので、うつ状態は約六か月、躁状態は二週から一か月ほど続く。躁状態が強いため、双極性障害I型と診断されている。

昨年の末あたりから、日常生活に支障をきたすほど自分の行動をコントロール出来なくなった。そして、専門医による治療を受けつつ、社会的な刺激を減らし、休息を取りながら生活リズムを安定させるために入院治療が行われることとなった。

発症の原因はわからないが、子供の頃からさらされた強いストレスが大きな原因の一つではないかと専門医は考えているという。

受付で名前を記入して、首から下げる面会者カードを受け取る。

この病院のインテリアは、全体的にベージュを基調にした壁紙と、採光を意識した大きなガラス窓が特徴で、病院だということを考えなければ非常に心が休まる空間だった。

雄一の個室のドアの前で身なりを確認すると、引き戸式のドアを軽くノックした。しばらく待つが返事がない。強めにノックしようかとも思ったが、このフロアにいる他の患者たちを刺激したくない。

引き戸に手を掛けて引いてみる。ハンガー式の軽量引き戸は音もなくすっと開き、奥の様子が見えた。ベッドの周囲のカーテンが閉ざされている。

もしかしたら薬が効いて眠っているのかもしれない。であれば起こすといけないので、一度カーテン越しに小声で挨拶をしてみて、返事がなければ、自分が来た旨をメモに残して、手土産の焼き菓子の箱と一緒にテーブルの上に置き、そのまま帰ろう。そう考えた越石は、足音や物音が階下に響かないように床に敷かれた防振マットの上を歩いてベッドに向かう。

ふとその足が止まった。カーテン越しに、リズミカルな衣擦《きぬず》れの音が聞こえてくる。

雄一が自慰行為でもしているのかと思った越石は、苦笑いをした。男というのはたとえ病んでも、性欲を抑えられない生き物なのかもしれない。カーテンが閉じられているのはそのためか。犯罪や患者の自殺、自傷行為の防止目的で全ての病室の天井にカメラが設置されているが、プライバシーに配慮し、カーテンを閉じるとベッドが見えないよう、位置が計算されている。

踵を返して立ち去ろうとした時、小さな、押し殺した女性の喘《あえ》ぎ声が聞こえた。

越石の全身が固まった。聞き覚えのある、いや、今でも週に一度や二度は聞く、その喘ぎ声。顔から血の気が引いていくのが自分でもわかる。

そんなはずはない。自分に言い聞かせながら歩き去ろうとするが、身体が言うことを聞かない。気が付くと越石はベッドの横に立ち、震える手でカーテンに数センチの隙間を作っていた。

ガウンの前をはだけてベッドに仰向けになり、目を閉じて顔に汗を浮かべている雄一。スカートをたくし上げて雄一にまたがり、声を漏らさないように長袖のブラウスの手首の部分を噛みながら腰を振る女性。

女性の足首に引っかかっている下着に、見覚えがあった。勇気を振り絞って視線を上げる。ロングヘアの隙間から見え隠れするその女性の横顔は、紛れもなく円のものだった。

その後、どうやって家に帰ったのか覚えていない。気が付くと越石は、マンションのドアの前に立っていた。

頭の中に鉛でも詰まっているような気がする。

ドアノブを捻ると、鍵がかかっていた。そういえば、常時施錠するよう円と取り決めていた。それすら忘れている。

ポケットから取り出した鍵を鍵穴に差し込み、開錠して恐る恐るドアを開ける。もしかしたらドアの向こうには、自分がまったく知らない、見たこともない風景が広がっているのではないか――そんな想像が頭をよぎったが、そこにはいつもの風景があった。家の中からは、夕食の匂いが漂ってくる。

「お帰りなさい」

いつもと変わらない様子で、円が玄関口に現れた。口を開きかけたが言葉が出てこず、黙って頷いた越石は後ろ向きになって靴を脱ぐ。

「どうしたの？　顔色悪いけど」円が小首をかしげてそう訊ねた。

「茉莉は？」円の横をすり抜けながら訊く。こんなに近くにいるのに、手が届かない距離を挟んでいるような気がした。

「部屋でお絵描《か》きしてるけど……ねえ、本当に大丈夫？」

「………」

何をどう言って良いのかわからず、越石はただ黙って頷いた。

越石はほとんど手付かずだった夕食が終わった。心配そうに越石の顔を見つめる円に、茉莉を部屋に入れるように言う。

「ねえ、どうしたの？　お医者さんに診てもらった方がいいんじゃない？」越石に遊んでもらいたそうな茉莉を部屋に連れて行き、戻って来た円が再び訊いてきた。

「円」

「なに？」越石の前に立った円が、熱を測るように掌を越石の額に当てようとするのを、身体をよじってかわす。

「……今日、お義兄《にい》さんのお見舞いに行ってきた」

円の顔がぴくりと引きつるが、すぐに作り笑いが浮かんだ。

「そう……何時くらい？」

「十六時くらい……忙しそうだったので声を掛けずに病室を出た」

下ろしていた視線を上げて円を見ると、その顔が蒼白《そうはく》になっていた。ずいぶん長い間、沈黙が続いた。子供部屋からは、茉莉がタブレット端末で観ているアニメの音が聞こえてくる。

「……いつからだ？」声を無理やり絞り出して訊く。

「こ……高校生の頃から」円も、絞り出すように答えた。

目の前が暗くなり、座った姿勢から前のめりに倒れかける。普段の円なら慌てて手を伸ばして支えようとするのだろうが、今はただ彫像のように立ったまま、越石の目の前で固まっている。

途切れ途切れに話す円の言葉を、越石は我慢強く聞いた。途中で何度か怒鳴り出したくなったり気が遠くなったりしかけたが、自分自身を叱咤《しった》して聞き手に徹した。

円と雄一は小学生の時に事故で両親を亡くし、二人で親戚中をたらいまわしにされる子供時代を過ごした。親戚とはいえ気を遣う思春期を過ごし、二人で支え合って生きてきた。そんな中で時として、互いが一番信頼する相手がそこに実在するということを、言葉や視線以外の方法でも確認したくなることがあった。そして、時折うつ状態に陥って頭を抱えている兄を慰めているうちに、肉体関係を持つようになった。

その関係が、今でも続いている。

「ごめんなさい！」話し終わった円はそう言うと、リビングルームの床に土下座をして、しゃくりあげ始めた。「ごめんなさい！　許してください！」

謝らなくてもいい。お前は悪くない。越石はそう言おうとしたが、その言葉が喉で引っかかってどうしても出てこない。その代わり、心の中でもう一人の自分が叫んでいる質問が口からこぼれ出た。

「茉莉は……どっちの子だ？」

円が涙に濡れた顔を上げ、『わからない』というように首を横に振る。

近親間に生まれた子供は遺伝病を持つ可能性が高いが、茉莉にそういった病気の兆しはあっただろうか。しかし具体的にどんな遺伝病を持つのかという知識は越石にない。

「わからないのか？　DNA鑑定は？」

円がまた首を振る。

なら血液型は——茉莉はO型。円もO型で、俺はA型。雄一の血液型は知らないが、A、B、Oのどれかなら——くそ、範囲が広すぎる。

ぐしゃぐしゃに乱れた頭の中で、一か所だけ冷めきっている部分が冷静に思考を巡らせている。夫として、父親としての自分を、刑事としての自分が押さえ付けている。そうしなければ、精神がもたない気がした。

円は何も言わず、ただ涙をぼろぼろと落としながら項垂《うなだ》れる。その姿はまるで、お白州で奉行の裁きを待つ罪人のように見えた。

ただならぬ雰囲気を察知したのか、茉莉が部屋から出てきた。床に膝と手を突いて泣いている円を見ると大慌てで駆け寄り、円の頭を撫《な》で始める。

「ママ、どうしたの？　おなか、いたいの？」

自分が今何をするべきかわからないが、ともかく茉莉を宥めなければ。そう思った越石が立ち上がると、その動きに驚いたのか、円がびくりと全身を震わせた。

「ママをいじめちゃだめ」

子供なりに何かを察した茉莉が、怒った目を越石に向ける。やがて、泣き続ける円に共鳴したのか、大きな声を上げて泣き始める。

「茉莉、ママは大丈夫。心配しないで」

泣き声で慰める円の言葉に、茉莉はますます大きな声で泣きじゃくりながら円の首元にしがみつく。

目の前にいる円が、誰よりも知っていると思っていた円が、異星人か何かのように思えてきた。

越石にも妹が一人いる。世間の他の兄妹と比べても、関係は悪くないと思う。思春期にはうっとうしく思うこともしばしばあったが、互いに大人になってからは非常に心地よい距離感で家族付き合いが続いている。

家族として大事に思うし、かけがえのない妹だ。しかし、妹との性行為は想像の埒外《らちがい》で、思い描くことすら出来ない。無理に想像しようとしても、ある一点で想像力にストップが掛けられてしまう。

やがて、円にしがみついて泣き続ける茉莉までもが、越石の中で異物じみてきた。

俺の子なのか、そうでないのか――俺の子でなければ、自動的に雄一の子となる。

そうなったとき、俺は茉莉とどう接していけばいいんだ。

いや、接していけるのか。

その日を境に、越石家は常に沈鬱《ちんうつ》でぎこちない雰囲気に包まれることになった。

越石も円もどうしてよいかわからず、その間にいる茉莉も笑顔を見せることが少なくなり、保育園の担当保育士が心配して電話を掛けてくるほど元気がなくなった。それでも時折、相手をしてもらおうと近寄ってくるが、反射的にびくりと手足を縮こまらせる越石に戸惑い、半泣きで遠ざかっていく。子供は、肉体的に大人にかなわないので、生物としての防御反応として、より敏感に、より臆病になる。茉莉は越石の顔に走る表情に戸惑い、悲しんでいる。

それを見ると心が痛むが、越石はどうしても茉莉との距離を縮められない。今までの茉莉ではない、別の生き物になってしまった、いや、初めから別の生き物だったのかもしれないという思いに打ち勝てない。

ＤＮＡ鑑定も行っていない。結果を知るのが怖い。

円もこの怖さを抱えて、そしてそれを隠して過ごしていたのだろうか。妊娠期間も含めた、五年近くの歳月を。

＊

やはり本部庁舎に戻って、仮眠室で寝よう。

乾燥を終えた洗濯物をボストンバッグに詰め込みながら、越石は思った。

少しでも休息を取らなければならない。しかし今の越石が一番落ち着かないのが、この家なのだ。

第五章　八月三日　数時間前　トゥン

昭和島から逃げ出したハイエースの車内。後部座席を全て取り外し、広くした荷室の隅に、両手を後ろ手に縛られたトゥンは転がされていた。

ハンドルを握るのは、色白で一見日本人に見えなくもないズン。助手席には周辺警戒とナビゲーションのためにロンが座り、荷室ではダット、ズイ、スアン、マイが荷室の外から見えないところで身体を低くして、負傷したティンの応急治療を行っている。

銃弾はティンの太ももを貫通しており、さらに梯子から落ちた際にもう片方の足と腕を骨折していた。

痛みに脂汗を浮かべて身体をよじるティンをズイとスアンとマイが押さえ、軍隊で戦闘外傷救護の訓練を受けた経験のあるダットが応急処置をほどこす。応急処置といっても救急箱すらないので、脚の付け根をシャツで縛って止血したり、腕を腹の前に固定させたりということしか出来ない。

パーツショップで何発もの銃弾を撃ち込まれて倒れたミンは連れてくることが出来なかった。明らかに死亡していたとロンが伝えると車内はパニックに陥った。ダットは仲間を怒鳴りつけて静かにさせ、ティンの応急処置の続きをズイたちに指示する。

運転席のズンと助手席のロンに何かを囁いたダットはスマートフォンを取り出し、電話を掛けた。

トゥンは床の上からウィンドウを見上げる。時折ちらりと見える標識によると、ハイエースは蒲田《かまた》に向かっているようだった。

「……ああ、すぐに着く。先生の助けが必要なんだよ」

ダットが、たどたどしいがそれなりに達者な日本語で懇願している電話の相手は、トゥンが知らないモグリの医者のようだ。銃傷は警察への報告義務があるので、ティンを救急病院に運ぶことが出来ない。

「ここだ」スマートフォンアプリの地図を睨んでいたロンが言うと、ハイエースが急停止した。

停止の勢いを借りて、トゥンは上半身を起こし、正座のように足を折って座ると外の様子を窺う。

典型的な日本の住宅街。昼間だというのに人っ子一人歩いていない。蒲田のこんな住宅街のど真ん中でモグリの医院を経営しているとは。

「今着いた」

ダットが電話の向こうに言うと、ちょうど目の前の古い二階建て住宅の玄関が開き、白いシャツにスラックス姿の老人が、コードレスホンの子機を片手に出てきた。トゥンは咄嗟に頭を下げて顔を隠す。

通話を切ったダットが、サイドドアのウィンドウを開ける。

「何をしとる？　近所の人間に見られたらどうするんだ」

その老人はダットが何か言おうとするのを無視し、横柄な口調で言った。

慌ててティンを抱え上げようとしたダットとズイを、老人が制する。

「馬鹿、ここで出すな。うちの駐車場に車を尻から入れて、リアハッチから運び出せ」

ズンが言われた通りハイエースを動かしている間、じっとトゥンを見つめていたダットが言う。

「手伝え。全部お前のせいなんだからな」そして、ナイフを握った手を伸ばし、トゥンの手を縛《いまし》める結束バンドを切る。

車内が緊張に包まれたが、ダットの「大丈夫だ」という声に皆が軽くうなずいた。

しかし、トゥンの顔に目を遣る者は一人もいない。

「早くせんか」急《せ》かす老人の後ろを、ティンを抱えたトゥン、ダット、ズイが続く。ロン、ズン、スアン、マイは車に残って床の血を拭いたり、外を警戒したりする。

「何だ、こいつは。銃で撃たれとるな。おい、怪我人の状態は前もって電話で言え」

せっつくような早口で喋る老人で、顔つきと微《かす》かな訛《なま》りから推測すると、日本人ではないような気がした。歳は七十くらいか。

「話したら、先生が逃げる」

ダットが言い返すと老人は舌打ちをし、先導するようにドアへと向かう。

狭い廊下を抜け、ダイニングルームを横切った先に和室があった。天井の低いその和室はいかにも急拵《ごしら》えの手術室といった趣で、畳の上に直接、時代ものの手術台が据え付けられている。その向こうは庭に続く縁側だが、ガラス戸と雨戸が閉じられていた。

「お前ら三人でこいつを手術台に乗せろ」

呼吸を合わせ、ティンの身体を手術台に横たえる。ティンが呻き声すら立てないのは大したものだと思ったが、よく見ると完全に気絶していた。

老人は手術用のランプを点灯し、麻酔の準備にかかる。

「先生、こいつの名前はティン。トゥン、ズイ、この人は医者の真田《さなだ》さん」

ダットが日本語で互いを紹介した。真田が顔を顰《しか》めるのが見えたが、ダットなりの考えがあって互いの名前を教えたのだろうとトゥンには思えた。ただ、日本名の『真田』が本名かどうかは甚だ怪しい。

「口径はそんなに大きなものじゃない。貫通しているから傷口も比較的きれいだな」ティンのコットンパンツを鋏《はさみ》で切り、傷口を露出させた真田が言った。

「あとは腕と足の骨折です」トゥンが付け足す。

「止血は正しいな。お前らがやったのか」

麻酔の針がティンの左腕に差し込まれた。

「血液型は？」

「わからない」

真田は呆れたように首を振った。

「仕方ない。わしが調べる。言っておくが、何があっても責任は取らんぞ。ここでは普通の手術と違ってわし一人で何もかもやらなきゃならん。一通りの心得はあるが患者が死亡しても文句は一切聞かん。心配なら今すぐ、この穴の開いた患者を連れて救急病院に行ってくれ」

「心配していない。先生、頼む」

真田はその言葉に返事をするでもなく、憎々しげに口元を歪《ゆが》めると、「成功しようがしまいが、報酬は取るぞ」と告げた。

トゥンはその時、またきりきりと差し込むような腹痛を感じた。

「真田先生」

「何だ」手術着を着込みながら、煩わしそうに真田が振り返る。

「トイレ、どこですか」

ダットの、苦虫を嚙み潰したような顔。しかし仕方ない、この事態が始まって以来ずっとトゥンは、神経性の下痢に悩まされているのだ。

「廊下に出たらわかる。用を足したら、お前ら全員、この家から出てくれ。後で連絡する」

「お前が警察を呼んだのか？」

再びハイエースの中。何台もすれ違うパトカーをやり過ごしたダットは、再び縛られ、転がされたトゥンの脇腹に軽く蹴りを入れながら訊いた。

黙って首を横に振る。

「信用出来るかよ」ダットは言うと、フロントグラスに顔を向けた。

ダットの気持ちも、理解出来る。裏切り者であるトゥンにここでヤキを入れて放り出すのは簡単だが、警察に駆け込まれたらダットたちの身が危なくなる。殺すことも出来るが、そうすると他の仲間たちがダットを恐れて離れていく可能性もある。どうしてよいのかわからないのだ。

他の仲間たちは、怒りよりむしろ戸惑いを含んだ表情で、思い思いの方向に顔を向けている。

全員の信用を完全に無くしたな、とトゥンは思った。日本人に虐げられてきたこいつらなら、理解してくれるのではという期待も、一ミリほどはあったのだが。

しかし、それならそれで、もし彼らがトゥンに協力し、一緒に、トゥンが考えたよりもはるかに効率的な方法で東京都内に銃をばら撒いていたら、事態はもっと酷くなっていたかもしれない。

自分のせいで今、都内で起こっている事件の数々のことを考えると、腹痛がぶり返してきた。脂汗がにじみ出る。

「……水、飲む？」

スアンが恐る恐る訊いてくる。トゥンが自分たちを裏切ったことをまだ信じられないかのように。

「ほっとけ。どうせまたクソしたいんだろう」ダットが吐き捨てた。

Nシステムを回避するために裏道を選び、ソックディアの賭場を開かせるためにズイ、スアン、マイを降ろす。その後、千葉の房総《ぼうそう》にある〝ヤード〟に向かった。そこで、ダットの別のシノギの商品である偽造ナンバープレートを積み込み、ついでにハイエースのプレートも換えて、都内に戻る頃にはすっかり陽が落ちていた。

トゥンの横に置かれた段ボール箱に詰められている偽造プレートは、盗難プレートから作り出したものだ。

Nシステムなどを使用した警察による捜査システムは大きく進歩しており、近年ではナンバーだけでなく車種や色まで登録されて犯罪捜査に反映されるので、それをかいくぐるために使われる。

プレートを取り外しする〝封印屋〟と組んで夜中にプレートを盗み、大急ぎで同じプレートを作って、朝までに本物を戻しておく。作ったプレートはストックしておき、犯罪に使う車や盗難車の車種と色に合わせて付け替え、いわば〝クローン〟のような車を仕立ててしまう。

偽造の作業は簡単で、自宅の台所でも出来る。まずナンバープレートの間にPET板を挟み込み、それを鉄板の上へ置いて加熱し、熱変成を起こす。そうして型の付いたPET板を作り、エポキシと水性塗料を調合した塗料で塗装を加える。塗装が終わったPET板にナンバープレートカバーを取り付ければ、本物と遜色《そんしょく》ない出来上がりになり、同じナンバープレートを量産することも可能になる。

製作作業中に持ち主が警察に通報したり、メンテナンスや車検の時に封印が解かれたことがばれたりすると、途端に危険な代物と化すそれらのプレートを、ダットたちはSNSや海外のオークションサイト――『JDM（Japanese Domestic Market）PLATE』という語句で検索すると多くの出品がヒットする――を利用して売りさばき、かなりの額を稼いで母国に送金している。

ハイエースは江戸川《えどがわ》区に入り、首都高7号小松川《こまつがわ》線に乗るために新荒川葛西堤防《しんあらかわかさいていぼう》線を北上していた。誰も口を開かない沈黙の中、ズンは運転に集中し、ダットとロンは、トゥンを見張っている。

ヤードを出た時間が遅く、下道を遠回りするので道が捗らず、時刻は夜の十時を回ってしまった。普段ダットは、こういった移動時には二台のスマートフォンを使って仲間や商売相手とシノギの話をするのだが、今日はメッセージアプリとメールだけを使っている。トゥンに話を聞かれたくないからだ。

何本目かの横道を越えた時、トゥンは顔面の痛痒《つうよう》感と共に、鼻の奥に広がる鋼鉄のような匂いに気が付いた。動物的本能としか表現出来ない、根拠のない不安感の匂いだ。

その瞬間、道が合流するところで追い越しをかけてきた無灯火のセダンが勢いよく幅寄せをしてくるのをトゥンは視界の隅で捉えた。直後、ダットの叫び声が車内に、続いて金属と金属がぶつかり合う嫌な音が車外に響く。身を乗り出して前方を見ると、セダンの左フロントフェンダーにハイエースのフロントバンパーの右端がめり込んでいる。

「馬鹿野郎、何やってんだ！」

ダットが大声を出す。交通事故を起こすには最悪のタイミング。

「いや、この車を止めにきてる！」ズンが慌てて返した。

訳がわからないまま、右側に座っていたダットがニューナンブを抜き出して身を低くし、目から上だけをウィンドウから覗かせる。

「ズン、車出せ！　ロン、左と後ろを頼む！」

「一人で両方は無理だよ！」悲鳴のような、ロンの声。

ダットがトゥンに顔を向け、声を荒らげる。

「おい、これもお前か！」

「違う！」本当に心当たりがない。ダットが信じるかどうかは別だが。

ダットは少し考えるとジーンズのポケットからナイフを取り出して開き、トゥンを縛める結束バンドを切った。

「ズン、銃を貸してやれ」

ダットが言うと、運転席のズンが腰の後ろからニューナンブを取り出してトゥンに渡す。受け取る時に、両肩の前に鋭い痛みが走った。後ろ手で長時間縛られていたので、腱《けん》が悲鳴を上げている。

ダットが銃口で後ろを指す。頷いたトゥンは後ろに移動し、リアウィンドウに向けて銃を構えた。

「車、出せって！」ダットがズンに怒鳴る。

「やってるよ！」ギアをリアに入れながらズンが喚いた。

「いや、後ろに出すな！」トゥンが怒鳴る。「後ろから来る奴がいる」

「こっちも出て来た！」ダットが叫んだ。

右側を見ると、セダンの右側のドアが開いて、不織布のマスクと目深に被ったキャップで顔を隠した男が二人、身を低くして降りるところだった。運転席からは誰も降りてこない。

換気のために開けていたサイドドアのウィンドウから、ダットが一発撃って相手の足を止める。

「ズン、何やってるんだ！」

「食い込んでるんだよ！」ズンが、ギアをローレンジに入れてアクセルを踏む。

リアウィンドウに蜘蛛の巣状のひびが入る。一瞬遅れて外から銃声。それと重なるように、今度は助手席側のサイドウィンドウが砕け散る音が聞こえた。ダットが頭を低くし、撃ち返す。

ロンの銃声。街灯の弱々しい灯を頼りにして左側に目を凝らすと、拳銃を片手に堤防から飛び降りてきた男がもんどりうって地面に倒れ込むところが見えた。

「タイヤを撃たせるな！」

こちらを振り返ったダットの声が響く。

リアウィンドウ越しにトゥンが撃った襲撃者が崩れ落ちた。トゥンは右側に意識を戻してダットの援護をする。右側の襲撃者はセダンの陰に身を隠しながら隙を見てはハイエースのタイヤを狙い撃とうとしている。38スペシャル弾でセダンの鋼板を撃ち抜くことなど出来ないので、この位置から連射して相手の動きを封じるしかない。

　こちらからの銃声が散発的になってきた。装弾数が五発で、予備の弾丸も持ち合わせていないのだ。ダットはますます、おれに腹を立てているんだろうなとトゥンは頭の片隅で考えた。

　ハイエースがじわじわと動き始めた。エンジンの咆哮《ほうこう》。ズンが大きくハンドルを左に切り、アクセルを踏み込んでいる。

　後ろからまた銃声。リアハッチの金属部分に襲撃者の弾丸が食い込む音が響く。ロンはトゥンの横に駆け寄りしゃがむと、みるみる大きくなるリアウィンドウの穴から外に向けて銃を撃ち始めた。

　ハイエースがセダンを押しのけるようにじわじわと動き始める。慌てたように激しくなる襲撃者の銃声。うち一人の銃声が途絶えた。トゥンかロンの弾丸が当たったようだった。

　耳を覆いたくなるような、金属同士が擦れる音。食い込んでいたセダンを引き剝がし、ハイエースが動きを取り戻した。襲撃者が車を当てる寸前にズンが反射的にハイエースのハンドルを左に切っていたのが功を奏したらしい。がくんと一度車体が沈み込んだ後、タイヤを鳴らして急発進する。

　トゥンは背後を振り返ると拳銃を両手把持し、追っ手を止めるために最後の一発を撃った。遠ざかっていくセダンのフロントウィンドウに白い穴が開く。

無煙火薬とはいえ、狭い車内でこれだけ撃てばかなりの硝煙がこもる。ハイエースが速度を上げるにつれ、割れたウィンドウから入って来る新鮮な空気が硝煙を外に押し出していった。車内の視界が晴れてきたところで、トゥンがロンに声を掛けた。

「連中、付いて来てないよな」

返事がないので振り向くと、ロンはぐったりと床に倒れ込んでいた。

「おい、撃たれたのか！」ダットが駆け寄る。「くそ、何か、枕になる物は？　ズン、お前は運転に集中しろ！」

呆然とするトゥンと違い、ダットはてきぱきと指示を出す。

「枕！」

ダットの声に我に返ったトゥンは、段ボール箱を覆い隠していた毛布をはぎ取って丸め、ダットが持ち上げたロンの頭の下に差し込む。

「ズン、室内灯を点けろ！」

ダットはロンのシャツのボタンを外していく。

「くそったれが。盲管銃創だ」

ロンは肩を撃たれているように見えたが、よく見るともっと内側、鎖骨のあたりに被弾している。

「トゥン、その中を見てくれ」

両手でロンの頭を支えたダットが、荷室の隅に固定された道具箱を顎で指した。そうしているうちにも、ロンのシャツがどんどん血に染まっていく。

何かに乗り上げたのか、ハイエースがたんと揺れた。ロンが呻き声を上げる。

「気を付けろよ！」ダットがズンに怒鳴った。

「こんな時にのんびり走ってられるか！」ズンが怒鳴り返す。

「トゥン、何かバンテージに使える物はないか？」

トゥンは道具箱の中に幅広の粘着テープを見付け、ダットに手渡した。

「ダット、何とかなるよな？」

「こいつ……」

ダットが言葉を濁し、ロンの銃創を指で差す。

「鎖骨下動脈をやられてる」

ロンの呻き声が止み、それとわかるくらい呼吸が低下してきた。

「ロン！　ロン！」

渡されたテープを握り締め、ダットが耳元で呼び続けるが何の反応もない。ハイエースの床に、血だまりがどんどん広がっていく。

銃弾が動脈血管に直撃した場合、数分で昏倒《こんとう》してそのまま出血性ショックで死亡する。肩は腕や脚のようにバンテージで縛る止血方法が採れず、ロンの出血量を見ると明らかに動脈が切れているので、これから医療機関に運び込む時間すらない。しかも盲管銃創で、鎖骨もやられているので絶望的だ。
ただひたすら傷口を押さえる圧迫止血を続け、耳元で名前を呼び続けることしか出来なかった。
「もう消してもいいぞ、室内灯」
ロンの呼吸と脈拍が完全に停止したことを確認してから、ダットが落ち着いた声でズン
に告げた。ハイエースの車内が暗く落ちる。
「遺体、どうする？」ズンが遠慮がちに訊ねる。
「国に連れ帰ってきちんと荼毘《だび》に付したいが……今は無理だ」ダットは痛みをこらえるよ
うな表情を見せた。「ともかく車を乗り換えるのが今は最優先だな」
トゥンも、声には出さず頷いた。弾痕だらけのハイエースをいつまでも乗り回すわけに
はいかない。周囲の目に留まるだけでなく、第三、第四の襲撃者がいる場合に格好の目印
となる。
「誰だ？　今の」ズンが誰にともなく言った。「警察じゃないよね」
「日本の警察があんな撃ち方するかよ。中国マフィアだよ。トゥンがばら撒いた銃を、
元々買う予定で半金を振り込んだ、客だ」

こちらを見据えるダットの、火を噴きそうな視線に耐えられなくなったトゥンは、ウィンドウの外に目を遣った。

その時、トゥンの目に留まったものがあった。「ズン、車止めろ！」叫ぶように言う。

「何だよ？」うるさそうな、ダットの声。

「今通り過ぎた一方通行の奥の月極駐車場に、盗りやすそうな車があった」

「ズン、止めろ」

急ブレーキ。片方だけ点いていたヘッドライトも消灯する。

「おれが盗ってくる。ズン、トゥンを見張ってろ」

先ほどの衝撃のせいか、サイドドアが開きにくくなっていたので仕方なくリアハッチを開けたダットは、車内を振り返ってズンにそう言った。

外からリアハッチを閉め、上着のポケットから取り出したイモビカッターを手にして走り出すダットを見送ったトゥンがズンに言う。「ズン、安心しろ。今さら逃げないし、逃げても行くあてがないんだ」

ズンは困ったような顔で曖昧に頷いた。

「ロンを何かで包んであげようよ。このままだと可哀想《かわいそう》だ」

ズンの声に、ふと我に返る。

「ああ、そうだな。すまん、気が付かなかった」

暗い中で目を凝らして車内を見回す。そういえば——枕代わりにロンの頭の下に差し込んだ毛布を思い出した。

道具箱の一番底にあったウェスで床の血だまりを拭き、軍手を嵌《は》めた手で毛布を広げる。血染めのタオルと一緒にロンの遺体を毛布の端に乗せ、数秒黙禱《もくとう》を捧げてからロンのポケットの中を検《あらた》める。財布とスマートフォンが出て来た。財布の中には現金が数万円、カードポケットには写真はロンでも名義は別人の運転免許証が収まっている。トゥンは財布とスマートフォンをズンに手渡した。

「ロンの銃、そこらへんに落ちてないか」

ズンがマグライトの灯で素早く車内の床をなめる。

銃はトゥンの足元に転がっていた。拾い上げ、ズンに差し出す。ズンはびくりとしたが、トゥンが銃身を握り、グリップを上にして差し出していることに気付くと、ほっとした顔で受け取った。

「おれが貸した銃も——」

「わかってるよ。弾丸撃ち尽くしたけどな」トゥンは腰に差していた銃もズンに渡した。

ロンの身体を転がすように毛布に包み込む。外側に粘着テープを巻き付けようとしている時、ハイエースの背後に車の気配を感じた。慌てて身を低くし、リアウィンドウに開いた穴から覗くと、無灯火の白いプリウスだった。ダッシュボードの淡い光を受けたダットの顔が、ハンドル越しに浮かび上がっている。

プリウスはヘッドライトを点けると、ハイエースを迂回《うかい》して前に出た。付いて来いということらしい。

「ズン、出してくれ」

ハイエースが動き出し、トゥンは毛布をテープで巻いて固定する作業に戻る。上着の前とスラックスの膝部分がロンの血で染まっていた。

「トゥン、どこかで着替え買わないとね」運転しながらズンが言う。「その服だと職務質問されるよ」

「ああ、帰りのどこかで買うよ」

「御徒町のドンキで――」

「おい、これって今話さなくちゃならないことか？」

「ごめん。何か喋っていないと不安で」

五分ほど北上すると、中川《なかがわ》と荒川に架かる橋にぶつかった。首都高小松川線だ。

プリウスは橋の下をくぐり、右折して百メートルほど進んだところで停車した。右側のフェンスの向こう、橋桁の下には、首都高に沿ってアスファルト打ちっぱなしのスペースが広がっている。

プリウスから飛び降りたダットの誘導で、ハイエースを太い橋脚の陰に隠す。エンジンを切るとトゥンたちは車外に降り立った。ズンも運転席から降りてきて周囲に目を走らせ、ホームレスやカップルなどの目撃者がいないことを確認する。

「ズン、プリウスのナンバープレートを替えてくれ」

ズンが頷き、荷室に置かれた段ボールの中から一組の変造プレートを取り出す。

ダットはトゥンを見て躊躇したが、この場にはトゥンを含め三人しか——少なくとも生きた人間は——いないので、渋々という様子で言った。

「ロンを移す。手伝ってくれ」

逃げようなんて考えるなよと言いたげな目付き。しかしトゥンには、さっきズンに言った通り、逃げる気も逃げる先もない。

二人がかりでロンの遺体を運び出し、膝を折り曲げてプリウスの荷室に丁寧に寝かせた。その間にズンが、粘着テープを輪にして作った即席の両面テープで、変造プレートを本物のプレートの上に貼り付ける。

ハイエースの中の指紋を拭く時間はあるかな——そうトゥンが考えたその時、遠くからどんどん近づいてくるパトカーのサイレンが聞こえてきた。

「やばい、警察だ。ハイエース、どうする?」軽いパニックに陥った、ズンの声。

「置いていくしかないな」

「だっておれたちの指紋とかロンの血とか……そうだ、まだガソリンが残っているから燃やそう」

　ポケットから煙草用のライターを取り出し、ハイエースの給油口に取り付いたズンを、トゥンはダットと一緒に慌てて引きはがす。

「馬鹿野郎！」ダットがズンの身体を反転させ、その背中をハイエースのサイドに叩き付けた。「灯油と勘違いしてないか？　ガソリンは可燃物じゃない、爆発物だ。おれら全員、吹っ飛ぶぞ」

「早く行こう」トゥンがダットの肩に手を置いて言った。どんどん近くなるサイレンの音。

「ズン、せめてプレートだけは持って行こう」

　ダットが手を放し、ズンが頷いてハイエースの荷室から段ボール箱を運び出した。

　ダットは「おれが運転する」とプリウスの運転席に乗り込む。その時、プリウスの背後で「ああっ！」というズンの悲鳴と、何かがアスファルトの上に散らばる音。

　振り返ると、道路に落ちた段ボールと、そこから半分以上こぼれ出た変造・偽造ナンバープレートが目に入った。慌てていたので落としたのだ。

　ますます近づいてきたサイレンの音が止まった。襲撃現場に到着したらしい。

「時間がない。いいから乗れ！」トゥンは呆然とするズンをプリウスの後部座席に押し込み、自分は助手席に乗る。

「プレートが――」泣きそうなズンの声。

「放っておけ！」ダットはそう怒鳴るとプリウスのアクセルを踏み込んだ。

夜の荒川を渡る。向こう岸の墨田区《すみだ》と江東区《こうとう》の東側には高層建築物が少なく、視界の上半分は夜の闇にべったりと覆われている。

「なあ、トゥンよ」ハンドルを握って前を見たまま、ダットが妙に落ち着いた声で言った。

「おれたちにどれだけ迷惑をかければ気が済むんだ？　お前は」

何と言っていいかわからず、トゥンはただ前を見つめていた。ダットも特に答えを求めているわけではないらしい。

まったく、おれはわざわざ日本にまで来て何をやっているのだろう。

＊

「あと十年もすれば、日本なんてアジアの最貧国になるからな」

仲間内で酒を飲みながらそれぞれの日本での苦労話を披露する時、ダットはいつもそう言い切ったものだった。

「今は調子に乗ってるけど、見てろよ」

「あらゆる商売で、買う方は値切り、売る方は安売りが当たり前になってきて、どんどん変になっていくよね、この国の金銭感覚って」大量に口の中に詰め込んだ柿ピーをようやく飲み込んだズイが言う。中国の蘇州《そしゅう》市や韓国の蔚山《ウルサン》での出稼ぎを経て、日本に流れ着いた男だ。「食いもんも家電も何もかもが中国や韓国よりはるかに安い。本当なら消費者は警戒するはずなのに、それが当然って思ってる」

「で、その安価な商品はおれらの低賃金労働で出来てる。安くこき使われる奴隷なしでは日本の経済は成り立たないんだ。歪《いびつ》だよな」

「そういえばベトナム人、だいぶ減ったね」ロンが思い出したように言った。「カンボジア人ばかりになってきた」

「今行くならオーストラリアかドイツだよ。あそこの雇用者はきちんと金払うからな。あと、英語もそこそこ身に付く。今さら日本語なんて覚えても、将来何の役にも立たないぞ」

「おれらの世代は運が悪かったのかな」ズイはビールを啜るように飲み、呟いた。あまり酒に強くないので、缶ビール二本で目がとろんとなっている。

「だな。だから何をしてでも稼げるだけ稼いで、ベトナムで起業するんだ」

「日本で起業しないのか？」ロンが顔を上げた。

「するわけないだろ。日本人は、社会主義国のベトナムには何も自由がないって思ってるけど、ベトナムの方が何をやるにしてもはるかに自由で選択の幅が広い。おれに言わせれば、日本こそ完全な社会主義国家で、国民は誰もそれに気付いていないんだ」

「まあ、危機意識も薄いし、おれらにとっては働くところじゃなくて現金を手っ取り早く稼ぐだけの場所なのかもな」

「でも犯罪で稼ぐのは、どうかな……」ミンが口を挟む。この中ではダットに次ぐ年長者の二十六歳だが、いつも遠慮がちな男。

「勝手なルールでおれたちを縛り付けて、何もかもむしり取っていくのは日本人じゃねえか」ダットが言い返す。「お前らだって、日本で生活するルールとやらを訓練センターで叩き込まれて、来た時には守ってたよな。でもこの国では、その馬鹿正直さが、おれたちが付け込まれる一番の理由なんだよ」

トゥンはもちろん、その場の全員に思い当たる節があり、失笑した。

訓練センターでは、日本人の訪問者とすれ違う時の「お客様、おはようございます」という挨拶とお辞儀から始まり、生活に密着する軽犯罪や主な条例、ごみの分別方法、道路標識について学ばされる。

それに加え、ベトナムと日本との生活の差についての多岐に渡る注意点も叩き込まれた。コップやタオルの使い回しをするな、他人の家の敷地内になっている果物や野菜を取るな、許可なく牛や豚を解体するな、沼や川で魚やカエルを捕まえて食べるな、公共交通機関では大声で話をするな、テレビなどは大音量にするな、料理で使った油をそのまま配水管に流すな、あれをするな、これをするな——。

トゥンがいた訓練センターにいたっては、階段の蹴り上げ部分にも日本語の単語や標語や注意事項がベトナム語併記で書かれていたので、忘れようと思っても忘れられないものになってしまった。

「だからこっちも好き勝手やらせてもらうんだよ」ストレートでがぶがぶ飲んでいるウイスキーの酔いが回って来たダットが宣言する。「将来、ベトナムの経済が日本を追い越して、日本人がベトナムに出稼ぎにきたら、同じ目に遭わせてやろうぜ」

曖昧な表情のミンを除く全員が頷いた。その目がどれもぎらぎらと輝いているが、どこか昏《くら》いものを湛《たた》えている。

皆のこの目は、日本に来た時には夢と希望を湛えて輝いていたことだろう。

しかし、海外で理不尽な苦労が続くと、人は変わってしまう。

自分もそうに違いない。トゥンはそう思った。

＊

おれは自由になった。

東京に来てダットと出会い、仲間が出来た。

犯罪に手を染め、金を稼いだ。

故郷に送金し、借金をチャラにした。

ひょんなことで大量の拳銃を手に入れた。

ダットの思惑に逆らって、日本人への復讐《ふくしゅう》として東京都内に拳銃をばら撒いた。

その結果を見て、大変なことをしたと後悔した。

ダットたちに監禁された。

警察に追われることになった。

中国マフィアと銃撃戦をした。

そして今は、仲間の遺体を運ぶ車の助手席に座っている。

同じ質問を自分自身に繰り返す。

わざわざ日本にまで来て何をやっているのだろう。

他に進むべき道はあったのに、見逃したのか。あったとしたらどんなものだったのか。

しかし、いくら考えても答えが出ない。自分が生きることの出来た別の人生を、思い描くことが出来ない。

第六章　八月四日　越石

自宅マンションで洗濯と乾燥を終えた衣類を持って、庁舎に戻った。戻ったのはいいが、時間が時間なので仮眠室は埋まっており、道場も眠りこける捜査員で溢れ返り、死屍累々《ししるいるい》といった有様だった。

結局、共有スペースの隅に置かれた長椅子の上で三時間ほど仮眠を取って、午前七時には起き出すと洗面所で歯を磨いて顔を洗い、刑事部屋に向かった。

捜査一課のフロアを横切る時、奥の人だかりに気が付いた。決して殺気立った雰囲気ではなく、どことなくやるせない空気を感じる。

通り過ぎながら目を向けると、一人の捜査員が自席を片付けているのを他の捜査員が囲んでいるようだった。

その捜査員には見覚えがある。今回の事件群の帳場が立った時の初期メンバーの一人で、確か平田《ひらた》という巡査長だ。寝る間も惜しんで捜査に打ち込んだ結果、身体とメンタルの両方をやられ、一か月ほど療養のため休暇を取っていたと聞く。

警視庁本部庁舎や各所轄署は、飲み会もイベントもキャンセルし、恋愛も家庭生活も後回しにし、子供との約束も反故《ほご》にし、何週間も何か月も家に帰れない捜査員で溢れ返っている。

もちろんそれに耐えきれない捜査員もおり、この数か月間、警視庁管内全体で捜査員や地域警察官がひと月平均十人ほど休職、退職している。生活の全てを犠牲にして捜査に当たっている事件の先が見えないまま、次の事件が積み重ねられ、さらに次が――という状態が続いてメンタルを病んだ者たちだ。

残っている捜査員や地域警察官は、疲弊した心と身体をだましだまし仕事を続けている〝地耐力〟の強い者か、よほど図々しくしたたかな者か、そのどちらかだ。

平田は前々から『責任感が、不必要なまでに強い』『解決を焦りすぎる』と評されていた男で、この分では病むのも時間の問題ではと心配をした班長が配属替えを検討していた。しかし、捜査一課の激務の中では捜査員一人を失うのも大変な損失なので、ずるずると結論を引き延ばした結果、こうなったらしい。

たった一か月で針のように痩せ細り、まだ四十代半ばのはずが、幽霊並みの青白い顔も相まって、まるで初老のように見える。

ストレスは人をここまで変えるのか――越石は、書類入れのガラス窓に映った自分の顔を見た。少し痩せたかもしれない。いや、やつれたという表現の方がしっくりくる。

平田は、機械のような動きでデスク周りを片付けながら、「よかったら使ってくれ」と、愛用していた文房具や私物の電気スタンド、卓上扇風機などを周囲の仲間に渡していた。

このままだと、自分もいつかこうなるのかもしれない。

土下座しながら泣き濡れた顔を上げる円と、円にしがみつく茉莉の姿をまた思い出した。常時まとわりついてくるストレス。これと、今回の事件群の捜査でいつ命を落とすかわからないという不安感に挟まれて、自分はいつまでもつのだろうか。

越石がそう考えている時、背後から、

「あの人、異動？」

と、うなじに息がかかるほど近い距離で声がした。びくりと首をすくめて振り返ると、真鍋が立っている。やはりパーソナルスペースの取り方がおかしい。

「それとも、辞めるのかな」

むっとした越石の表情に気付いていないのか無視しているのか、真鍋が続ける。

「辞めるみたいだ」周囲に聞こえないよう、小さな声で返す。

「ふうん。あ、思い出した。病気で休んでた人だよね。えらく老けたからわかんなかった」

「頼むから、声をもっと小さくしてくれ」

ちらちらとこちらを振り返り始めた周りの捜査員の目を気にしながら、真鍋に言う。

真鍋は気にするそぶりもなく、つかつかと平田に歩み寄ると、手を差し出した。

「どうも。大和中央署の真鍋っていいます。退職されるって聞きました。お疲れ様でした」

一体どうやったらこんな馴れ馴れしい人間が出来上がるのか、数々の犯罪者を見てきた越石にも想像がつかない。

平田はきょとんとした顔で、それでも一応、真鍋が差し出した右手を握る。労《ねぎら》ってくれる後輩には違いない、と思っているのかもしれない。

真鍋は握手を放した右手で、平田から譲られたマグカップを持つ若手を差した。

「ぼくにも、何か下さいよ」

越石は額に手を当てた。周囲もあっけにとられ、面白くない冗談かと問いたげな目で真鍋を見ている。

「あれでもいいですよ」

真鍋が指差したのは、デスクの書類立てに一つだけ残っている、アルミ製のクリップボードボックスだった。書類ケースと筆記用具入れも兼ねており、聞き込みの時などに備忘録や筆記用具を挟み込んで使っていた私物のようだ。

それだけがまだ残っているということは、思い入れのある品なので持って帰るつもりなのだと越石にも想像がつく。

棒立ちになる平田を見て渋っていると思ったのか、真鍋がたたみかける。

「いいじゃないですか。どうせもう使わないんだから」

平田の顔が、ばりばりと音を立てるかのように強張っていく。その時、

「いい加減にしろよ」

ドスの利いた声が響いた。振り返ると、平田の先輩の警部補だった。怒りに、窯《かまど》の中で焼かれる鬼瓦《おにがわら》のような表情になっている。

真鍋は一瞬、驚いたように目を見開いたが、じきに、愛想笑いのつもりらしいにやにや笑いに切り替えた。

「いや、先輩の功績にあやかりたいと——」

「ふざけんな」警部補が遮る。「てめえの署のケツ拭いてるんだ、こっちは。さっさと自分の仕事しろ」

窓ガラスがびりびりと震えるのではと思えるほどの大音声《だいおんじょう》。真鍋は「わかりました、わかりました」と尻尾《しっぽ》を巻いて逃げ出す。それでもその顔には、虚勢を張るかのような笑いが貼り付いている。

呆れて首を振りながら、越石は自分の所属する班の部屋に入った。

元々最大八人での使用を想定している会議室で、長机の上や壁際に資料が積み上げられているところに捜査員たちが体温と男の臭いを四六時中発散させているので息苦しいことこの上なく、越石も氷見も、班長への報告や資料探しなどの最低限必要な用事以外では立ち入らないようにしている。越石は身体が大きいので、班長や他の捜査員はむしろそれを

歓迎していた。

「お疲れ様です」

「越石」長机の壁際中央、壁に造り付けのホワイトボードの前に陣取った班長が手招きをする。「ちょっと来てくれ」

長机の上で突っ伏して仮眠を取っている捜査員や、床に直接積み上げられた書類を避けたり跨《また》いだりしながら苦労して班長の席まで行く。

「お前さんが今担当している西田、元々何者だったか聞いたか？」

「いいえ」

「今日の捜査会議で正式に出る話だ。お前と氷見は会議を飛ばして西田のところに直接行ってもらうから今のうちに伝えておくけどな、元サツカンだ」

蓄積した疲れが、瞬時に吹き飛んだ。「どこのですか？」

「池袋署、地域課」

班長がひと呼吸おいて続ける。

「池袋署で三十五年前に銃弾の紛失事件があって、その責任を取って依願退職した」

「……やっぱり俺たちに言いづらいんですかね」

「だろうな。西田を扱う時には気に留めておけ。あと、氷見にも伝えておいてくれ」

「西田さんが警察に協力する理由は――」

「罪悪感、贖罪《しょくざい》、あたりかな」

班長は軽い音を立てて椅子を回転させ、ホワイトボードに向き直る。隙間なく捜査情報が書き込まれ、写真のコピーがマグネットで何枚も貼り付けられたホワイトボード。班長の視線の先には、警察官拝命時の西田の写真があった。

その時、氷見が書類挟みを手に戻って来た。

「ハンコもらってきた。追加の弾丸と弾倉、受け取りにいこう」そう言うなり身を翻《ひるがえ》して廊下に向かう。

「えらく早いですね。どういうコネクションを持っているんですか、庁内に」

越石は班長に黙礼すると、上着を掴んで氷見の後を追った。

スペアマガジンと追加の弾丸を借り出してきた二人は、マークXに乗り込んで、西田の住む池袋に向かう。

「さっき班長から聞いたんですが、西田さんて——」

「元サツカン。池袋《ブクロ》の。あたしも別口から聞いた」

「今朝ですか？」

「昨日の夜中」

氷見の異常な早耳。本当に、どういうコネクションを持っているのだろうか。

「で、その元サツカンの家、池袋駅北口からすぐのところだね」カーナビを操りながら氷見が言った。

「ずいぶんディープなところに住んでますね」桜田《さくらだ》通りから内堀《うちぼり》通りに左折しながら、越石が応える。

池袋北口といえば近年、日本人観光客向けではなく在住中国人向けの飲食店や会社が乱立しているエリアだ。駅北口から出ると中国語の看板が目立ち、道を歩く人が話しているのも標準中国語や地方語。飲食店の呼び込みをしているのもチラシを配っているのも中国人。それがかえって珍しく、物好きな日本人も多く訪れている。

「ずっと池袋に住んでるみたい。池袋署を辞めてからも」

「どう接しましょうかね」

「昨日まで通りでいいんじゃない？」

霞が関料金所に向かうマークXが国会正門前を南に折れた時、国会議事堂前で警備の警察官に見張られたデモ団体が目に入った。警察官の銃の使用規定が暫定的に緩和されたことに反対する市民団体だ。

「毎日ご苦労さんね」

「サツカンが銃弾で穴だらけにされて死んじまったら、あいつらは誰が自分らを守ってくれると思ってるんでしょうね」

「自分たちは絶対に犯罪や事故に巻き込まれないっていう自信があるのよ、ああいう手合いって」

「その自信はどこから来るんですかね」

「平和ボケと、想像力のなさ」氷見が断じる。

首都高都心環状線に入った。

「そういえば一課のフロアであの真鍋ってのがうろちょろしてたみたいだね」

「してましたね。なんか図々しくて目障りな奴です」真鍋の丸顔と細い目を思い出しながら越石が応える。

「調べてみたんだけど、あまり関わらない方がいいよ。かなり胡散臭い奴だから」

もう調べ上げたのか。やはり氷見は、刑事警察より公安警察に向いている。

「大和中央署の地域課にいた時に、クスリの売人を『所持』で現行犯逮捕《ゲンタイ》して、警視総監賞もらって捜査畑に移ったんだって」

警察の表彰状の中でも警視総監賞や本部長賞は段違いに格上で、経歴に華々しい箔《はく》がつく。出世街道に乗る一番の近道といえる。

「すごいじゃないですか」

越石は素直にほめた。地域の相談や地理教示、落とし物や盗難被害の届け出、巡回連絡などに日々追われる地域課の警察官が覚せい剤所持の犯人を現行犯逮捕するのは珍しく、そして大手柄だ。

「普通はそうだけどね。あいつの場合は、違う」

氷見が腕組みをした。腹が立ち始めたサインだ。

「勤務の合間はもちろん、非番の日にも刑事課に行って『今どんな事件を抱えてるんですか』とか『手伝えることないですか』とか訊いてまわったり、夜は課員たち行きつけのバーに顔を出してあの調子で酒を勧めたり。周りとしては『図々しいけど、熱心なんだな』って思うよね」

越石は一瞬だけ、北池袋出口から一般道に入るのに集中し、「ですね」と頷く。

「そのうちに、真鍋とだんだん親しくなった薬物銃器対策係のベテランが話をしたのよ。何度か逮捕したことのある売人が、足を洗いたいって相談してきたんだって。〝卸し〟からクスリを受け取る日時と場所を教えるから一緒に逮捕してくれ、実刑を食らってもいいから、って。そうすれば、卸しの組織から離れられるから」

氷見が大きく息を吸い込み、続ける。

「刑事課としては極上のネタだし、話を聞こうという方向になった。売人は協力者になるから、自首扱いに出来ないか検事に相談しようっていう話にまでなった」

越石は頷いた。自首の場合、刑が軽減されることがある。

「そのベテランは真鍋に『お前もこうやって、犯罪者から相談を受ける、信頼されるサツカンになれ』って教えたかったんだね、きっと。ところが、その売人の名前を聞いた真鍋は、次の日に住所を調べ出して、シレっと巡回連絡《ジュンレン》に行って、『目付きや態度がおかしい』とか理由付けてその場で職質《バン》かけて、クスリ見付けてゲンタイ。自分一人の手柄にした」

越石には言うべき言葉が見付からなかった。

「卸しの組織は売人を切り捨てて雲隠れ。温情で自首扱いにする話もおじゃん。そのベテランは責任を感じて配置転換を願い出て、捜査畑を去った。定年近くまで現場一筋でやってきた、優秀な人だったらしいけどね。真鍋本人は巡査部長になって、ベテランが抜けて出来た穴にちゃっかり収まった。そうやって警察組織の中を泳いでる。控えめに言っても、クソ野郎」

「最低だ」越石は首を振った。

「私生活では結婚していて、娘がいる。父親似だって。可哀想に」

越石は『娘』という言葉を聞いてどきりとしたが、平静を装う。

「奥さんはさっき言った、みんなの行きつけのバーでバイトしてた女の子。その子、刑事課ではアイドル的存在で、課内で『あの子には手を出さない』って紳士協定があったんだけど、真鍋はそんなのガン無視してデキ婚して、周りに結婚式の招待状を送りまくったらしいから、ある意味度胸あるよね」

「刑事課で針の筵じゃないんですか?」

「全然気にしてないって」ここまでくると、氷見も少し笑っている。「周りが何を言っても、あれはああだから、これはこうだから、しょうがないじゃんって声を大きくしてまくしたてて話にならないから、みんな辟易《へきえき》して立ち去る。本人は『論破した』って信じてるけど。でも、ゴマをするべき人間はちゃっかり押さえてるから、組織からはじき出されることはない。大朝署長に付いて本庁に来てるのも、そういうこと」

「人類学上の珍種に思えてきましたよ」

話しているうちに、要町《かなめちょう》一丁目の交差点に到着した。ナビの音声に従って、西田の住むマンションに向かう。

氷見のスマートフォンが振動した。普通の捜査員なら、警察官をやっているうちに自然に身に付く素早い動作で端末を取り出して架電者を確認し、二コール以内で電話に出るのだが、氷見は面倒くさそうに、その倍の時間をかけて電話に出る。

「あ、班長だ……何であたしに掛けてくるのよ」

「俺が運転してるのを知ってるからでしょ」

「はい、氷見」

渋々という感じで電話に出た氷見はしばらくの間「はい、ええ」と相槌を打っていたが、やがて眼《め》が細められ、目に見えるのではと思えるような気迫を全身から発散させ始めた。

「了解」通話を切った氷見が越石に向き直る。「車そこに寄せて、あたしの話を聞いて」

越石は言われた通り、路肩に車を停めるとハザードランプを点けた。

「西田さんと合流したら、ソックディアの賭場を知ってるか、訊く」

「ソックディアって？」

「ベトナムの博奕。本庁のチームと通訳人がZaloやフェイスブックの『Bộ đội Tokyo』を洗い出したら――」

氷見の説明によると、ソックディアの開帳が最近減ったという書き込みがいくつかあり、その中に、『ミンとズイが運営に関わっている賭場も最近まったく開帳していないので、不安だ』というものがあった。

「ミンって、同じ名前ですね。昨日、昭和島で――」

氷見が越石の方にぐっと顔を突き出した。「そう。そいつ。で、あたしらが撃ったレー・カット・ミンと一緒に、栃木のイチゴ農家から脱走した実習生の名前は、チャン・コン・ズイ」

「その賭場の場所や常連客は――」

「それを西田さんに訊くのよ。さ、車出して」

マークXはタイヤから白煙を立てて、路肩から飛び出した。

西田は既にマンションの外に出て二人を待っていた。

「おはようございます」白いワイシャツを着込んだ西田は屈みこむと、車内の越石と氷見に挨拶をする。

越石が挨拶を返して乗車を促すと、西田は既に汗まみれになっている身体を後部座席に押し込んでくる。

「ソックディアの賭場をご存じでしたら教えてください」挨拶もそこそこに、氷見が言った。「特に、レー・カット・ミンとチャン・コン・ズイが絡んでいるところ」

「いきなり言われても……」

「ご安心ください」越石が後部座席を振り返り、笑顔を作る。心なしか、西田が怯えたような顔をした。「西田さんが賭場で何をしていようが、何を知っていようが、それを理由に俺らがどうにかするわけじゃないですから」

「情報が欲しいだけなんです」氷見の援護射撃。

「そうですね……」

西田が手提げ鞄から扇子を取り出し、扇《あお》ぎ始めた。越石がエアコンの送風口を西田の方に向けてやる。

「……その二人の名前は知りませんが、ベトナム人の間で有名な賭場なら、いくつか聞いたことがあります」

「行きましょうか。案内して下さい」

「こんな時間にやってませんよ」

「やってない時間だからこそ、何かが起こってるかもしれない。あと、近隣の住人に話を聞くにも都合がいい」

越石がそう言うと、西田はスマートフォンを取り出して操作を始めた。

「わかりました。ではまずここから――」

西田が差し出したスマートフォンに表示された住所を、氷見がカーナビに入力し始めた。

西田が把握している都内の賭場は四軒。あとは茨城県や千葉県など関東近郊の地方に数軒あるが、それらは警視庁から各県警に捜査要請してもらう。

「西田さん、元サツカンなんですって?」助手席の氷見がふいに訊ねた。

「はい」少し強張った顔で、西田が答える。「やっぱり、すぐにわかりますよね。どうして退職したのかも、捜査本部の人たちに知れ渡っているでしょう」

「この間、通報しても警察は真剣に取り合ってくれないっておっしゃったのは、それが引っかかってたんですね」

越石の言葉に、西田が頷く。確かに、現職の警察官に色眼鏡で見られるのは間違いない。捜査本部が、西田を氷見や自分のような問題児に押し付けている理由はそれか。

「そうです」神妙に西田が言う。

「でしょうね」氷見はそう言うと、シートに深く沈みこむ。

相変わらず何を考えているのかわからないが、少なくとも西田に対する反感や抵抗感はその表情には認められず、それは越石も同じだった。


午前中いっぱいかけて都内を回ったが、結果は芳しくなかった。

中野《なかの》区の団地の一室——外れ。隣人や管理事務所からも有益な情報は得られず。

足立《あだち》区の空き家——外れ。隣人からの情報なし。

墨田区の町工場——外れ。昼間は操業中で、門前払いに。

という具合で、残すところは台東《たいとう》区のカラオケスナックのみとなった。

「最後は上野《うえの》、というか御徒町ね」

氷見がカーナビで予想到着時刻を確認する。御徒町到着は昼過ぎになりそうだ。

「お昼、食べていきません？　この近くに穴場があるんですよ」氷見が提案した。

「昭和島のお話を聞いて思ったんですが、今の警察官の射撃レベルは上がっているみたいですね」

中華そばで膨れ上がった腹をさすりながら、後部座席の西田が前の二人に言う。明らかに胸やけをこらえている様子だった。

「僕たちの頃は訓練用弾丸が一人当たり年間五十発で、それすらも消化出来ない人がほとんどでした」

越石にもそのあたりの事情はわかる。所轄署では日常の業務が多すぎるため、特に池袋など事件が多発する繁華街を管轄に持つ署の警察官は、年間で実質数日しか休めない。その貴重な休みを死守するために射撃訓練を犠牲にするのは、本来拳銃事件の少ない日本では当然かもしれない。

「今回の事件群が起こってからは、みんな休日返上、休憩時間返上で訓練しています。命に関わりますし」氷見が言いながら手を伸ばしてルームミラーの角度を変え、西田の表情を観察する。

しかし氷見はあんなものを食べてよく平気でいられるな——越石はハンドルを握りながら、さっきの昼食を思い出した。

古ぼけた中華そば屋。穴場というより、閑古鳥《かんこどり》が鳴いているだけの店。曇ったコップに注《つ》がれた温《ぬる》い水。べたべたのカウンターの上に置かれた丼《どんぶり》。その中には、大量の化学調味料だけで味付けされたスープの底に沈む、伸びた中華そば。しかも、人肌と言ってよいくらいの温度。

越石が小声でぼやいていると、氷見は、『冷ます手間が省けていいじゃない』と、何が不満なのか心底わからないという表情で言い返し、『いただきます』と美味そうに麵《めん》を啜ったものだった。

味覚まで壊れているのか、この人は。

中華そばのことを思い出すと手汗をかいてきた。スラックスの太もも部分で掌をぬぐうとハンドルを握り直し、西田の様子を観察する。

西田は、警察官の射撃レベルの話を雑談として出したものの、『今回の事件群が起こってからは』という氷見の発言が過去の記憶に突き刺さったのか、黙り込んでいた。

三人を乗せたマークXは、地下鉄上野御徒町駅、上野広小路《ひろこうじ》駅を通り過ぎ、飲み屋街に入った。ひと目で警察車両だとわかる駐め方を避けるべく、越石は車をコインパーキングに入れる。

湯の中を泳ぐような熱気の中、車から降り立った三人は、西田の案内で最後の賭場へと向かった。

コインパーキングの脇から延びる、車一台分の幅しかない道路。その道路は飲み屋の入ったビルに挟まれており、ビルの外壁からはスナックや料理屋の電飾看板がいくつも突き出している。夜は客を惹《ひ》き付ける誘蛾灯《ゆうがとう》のような効果があるが、真っ昼間のそれはただ白々しいだけで、まるで豪華なショーのステージ裏にある侘しい楽屋でも見せられたかのような気まずさを感じさせた。

あと二ブロックで都道452号に出るところで、「このあたりです」と手の中のスマートフォンを睨んでいた西田が言い、立ち止まった。

「実際に行かれたことはないんですか」

「ありません。店名というか、昔そこにあった店の名前が頼りで」

西田が見せたスマートフォンの画面には、『アルフヘイム』というその店名と、それに続いて丸括弧で閉店とあった。

「アルフヘイム……ね」氷見が顔を上げ、周囲の看板を見回す。

「看板、残ってるといいけど」

「西田さん、住所だとどのビルになりますか？」

「あれです」

西田が指を差した先には、飲み屋しか入居していないビルがあった。店名がフロア別にずらりと掲げられた外壁の看板には、一か所だけ空白のスペースがある。

「よし、行ってみましょう」

越石が足を向けた時、「ちょっと待ってください」と西田が慌て気味の声で止めた。

「このまま真っすぐ通り過ぎましょう」

切羽詰まったその声に取り敢えず従い、ビル入口の前を通り過ぎる。ビルの中から出てきた小柄な東南アジア系の若い女性が、都道453号に向けて歩き去った。タンクトップに薄手の夏用アウター。バッグの類《たぐい》は持っておらず、手に長財布を持っている。

西田はすぐ先のビルの入り口にさりげなく越石と氷見を誘い、陰に身を潜める。

「誰ですか？　あれ」小声で越石は訊いた。

「知っている顔です。トゥンの友人です」

緊張が走った。

「今、西田さんに気付きましたか？」

「いえ、気付いていないと思います、周りが目に入ってなかったようですし」

「何だか切羽詰まった感じでしたね。あと、財布しか持ってなかった。昼メシか、コンビニで買い物か」

「一人で昼食というのもあまり考えられないから、買い物じゃないかな」氷見が顎に手を遣る。

「表通りにドンキがあります。そこに行くなら、すぐに戻ってきますね」そう言うと越石は、女性が出てきたビルの入り口に向けて歩き出し、西田を振り返る。

「氷見と一緒に、車で待機していてください」

「僕も一緒に行った方がいいです」

西田が反論すると、氷見が腰に手を当てて言う。

「正直、西田さんは民間人だからガードしなきゃならなくて、あたしらの仕事が増えるんですよ」

「現場にいる連中、さっきの女性みたいに僕が知っている人がいるかもしれません」

「それは――」

言いかけた越石に被せるように氷見が「あ、言われてみればその通りかもね」と言ったので越石は目を剝《む》いた。越石としては『それは別の話』と言いたかったのだが。

しかし、過去の贖罪のために警察に協力している西田がそれだけ肚を決めているのなら仕方ないだろう。実は越石も、自分がもし西田の立場だったら同じことを言う。

現役警察官二人と元警察官という三人の視線が絡まる。それ以上言葉を交わすこともなく、三人は暗い日陰になっているエレベーターホールを横切ると奥のエレベーターに乗り込んだ。

西田が開いているレビューサイトに残った古い情報では、その店は五階。エレベーターが四階までしかないのを不思議に思いながら、取り敢えず四階まで行く。

営業前の真っ昼間なのでホールの照明は落とされているがじきに目が慣れ、天井の隅で無表情に灯《とも》っている非常灯で周囲の様子が見えるようになった。

エレベーターを出て左斜め前に、降りているシャッター。その奥、上の方から微かに怒鳴り声が聞こえた。

「この向こうに」越石が小声で言いながら親指でシャッターを指す。「アルフヘイムに行く階段があるんじゃないですか」

「待とうか。さっきの女」

隠れるところを探す。エレベーターを出て左側の隅、非常階段に通じるところが少し引っ込むかたちになっているので西田を奥に押し込み、氷見がその前で身を屈め、クラウチングスタートのような体勢で膝を突く。非常灯のすぐ下の引っ込んだスペースなので、真っ暗で都合が良い。

越石の巨体をねじ込むスペースがそこには無いので仕方なく、エレベーターを出て右側のフロアの隅に身を縮ませて入り込んだ。

そのまま三人で、一階に送ったエレベーターが動き出すのを待つ。

夜の様子を想像する。フロアに並ぶドアの向こう側から漏れ出る、酔客のカラオケの声。越石は苛立ちを覚えた。酒は好きだが、カラオケやダーツを置いている店には寄り付かないようにしている。一人の時は頭の中を空っぽにして飲むか、人といる時には馬鹿話や、時々は頭を使って〝議論のための議論〟をするのも悪くなく、それが酒の醍醐《だいご》味《み》だと思っている。会話を楽しみたいのに素人の下手な歌を大音量で聞かされたり、笑い話のオチへの持って行き方を計算しながら話しているのに最後のところでダーツ台の方から響く歓声に台無しにされたり、不愉快なことしかない。

頭の中で感情が高まり始め、喚き出したくなった。心が狭いなと、自分でも感じる。いつから俺はこんな人間になったのだ？　歳のせいか、それとも――。

そこまで考えた時、フロアの反対側の氷見が「来た」と小声で言った。

エレベーターの階数表示の数字が変わり始めている。三階、四階――エレベーターのドアが開いた。

中から出てきたのは先ほどの若い女性で、手には黄色いレジ袋を二つ提げている。ずいぶん重そうなので、数人分の食料や飲み物を買って来たのだと想像がついた。

暗いフロアを、女性は勝手知った風で歩を進める。シャッターの前でレジ袋を床に置くと、スマートフォンで誰かに電話を掛けた。

二言三言喋って電話を切り、再びレジ袋を持ち上げる。と同時に、シャッターが中から押し上げられた。

シャッターが女性の腰のあたりまで上げられ、女性が身を屈めて中に入ろうとした時、越石と氷見は物陰から飛び出した。氷見が女性の腰に両腕を回して折り曲げるようにシャッターの向こうに押し込み、越石も身体を低くしてシャッターをくぐり抜ける。

シャッターのすぐ内側で一瞬身体を固くした若い東南アジア系の男がベトナム語で罵《のの》り声らしい声を上げ、ベルトを掴もうとした越石の手をすり抜けて階上へと駆け上がった。

「待てコラ！」越石は、男に続いて階段を駆け上がる。上りきった左側が入り口のドアになっており、男は鼠《ねずみ》のような素早さでその中に駆け込んだ。

締まりきる前のドアに手を当てて押し開けながら階下にちらりと目を遣ると、氷見が女性の腕を逆手に取って壁に押し付けている。ここは任せてもよさそうだ。

越石の怪力で勢いよく押し開けられたドアが壁に激突し、ドアに嵌め込まれたガラスが砕け散る。その音を聞いた中の連中は一斉にソファから立ち上がった。

階段から逃げ込んだ男がベトナム語で何か言うと、そこにいる十人ほどの男たちが色めき立った。東南アジア系と東アジア系が交ざっている。

「けいさ——おい、ちょっと待て！」

越石に名乗る暇《いとま》も与えず、男たちがドアと反対側の壁にある開け放たれた窓に殺到した。窓の向こうには隣接するビルの壁が迫っている。越石の位置からは見えないがそのビルの窓が斜め下にあるのか、店中に複数の言語で怒号が飛び交う中、男たちが先を争うように窓から飛び出していく。

どれが誰だかわからない中、何人かだけでも確保しようと越石が歩を踏み出した時、コンバットナイフを手にした東洋系の若い男が、目の前二メートルほど先に立ちはだかった。仲間を逃がすための時間稼ぎ役か。何ごとか喚いているが、標準中国語ではない、方言らしい言葉だった。

越石が腰の拳銃に手を伸ばしかけた時、男が右手に持ったコンバットナイフの刃先をこちらに向けて走ってきた。

銃を抜いて構える時間はない。越石は心臓を守るために両手を少し曲げて胸の前で構える。こうすると、刃先が正面から来ても下から来ても、防御することが出来る。

刃先は越石の鳩尾に向けて真っすぐに突き出された。左手の手刀を男の右手首の外側に叩き付け、刃先を躱《かわ》すため、右足を引いて半身になる。勢い余った男のコンバットナイフが、越石の身体の前を通り過ぎた。男の手首に当てた左手を開いてその右手を掴んで動きを封じる。

『しまった』という表情になった、がら空きの横顔が目の前に来た。越石はその顔に力任せのパンチを何発も入れる。

男の身体が柔らかくなり始めた。越石は殴るのをやめ、男がナイフを握る右手を、その上から自分の右手を重ねるように握り込む。親指と人差し指で作ったL字をヒルト（ブレードとハンドルの間にある、滑り止めのための突起）に引っ掛けるように握り、右斜め前に突き出すと、ナイフは簡単に男の手から離れた。

ナイフを店の隅に放り投げた時、グロッキーになりかけていた男が越石の腕の下から逃げ出し、店のカウンターを滑るように乗り越えると、奥のキッチンからいろいろなものを越石に投げつけ始めた。

「おい、無駄なことすんな。あきらめろ」男の無駄足掻《あが》きにうんざりし始めた越石が、飛んでくるグラスやまな板を手で払いのけながら言うが、男は耳を貸さない。

やがて、カウンターの裏に出刃包丁を見付けた男はそれを握りしめ、またカウンターの上を滑るようにしてこちら側に戻ってきた。

大きく溜息を吐いた越石は、さっき逃げたうちの誰かがカウンタースツールの上に置き去りにしたサマージャケットを手に取った。自分のを脱いでも良かったのだが、包丁で穴を開けられたくない。

ジャケットを両手に持ち、胸の前に広げた。こうすると、正面の男からは、越石の胴体とジャケットとの距離がわからなくなる。

男が喚き声を上げながら走ってくる。越石は闘牛士のようなステップで、男が両手で突き出した包丁を手首ごとジャケットで包み込むと、身体を回転させて男の両腕を上半身ごと捻り上げた。男の悲鳴。

「〝ギブ〟か？」

そう問う越石に、男が中国語で何かを怒鳴った。

「日本語で言え。英語でもいいぞ」

越石が言うと、男は日本語に切り替えた。

「警察の横暴だ！」

ぴくりとこめかみが動いたのが自分でもわかった。腕ごと捻り上げていた上半身を肩で思い切り押し、男を床に倒す。ジャケットを力任せに引っ張ると、男が握っていた包丁が遠くに飛ばされた。

「洒落た言葉知ってるな、おい」のしのしと男に歩み寄る。

「人権侵害！　弁護士、呼べ！」

この言葉に、越石のリミッターがはじけ飛んだ。倒れたままの男の腹に、思い切り蹴りを入れる。ぐふっと息が漏れる音がし、男はびちゃびちゃと胃液を吐いた。

右手で男の両頬を掴み、持ち上げる。腹と顔の激痛に涙を浮かべた男は、両手で越石の右手を外そうと無駄な努力をしながら、よろよろと立ち上がった。

「権利を主張するなら、その前に――」

渾身《こんしん》の頭突きを入れる。

「法律守って――」

テーブル席の方に蹴り飛ばす。

「真っ当な仕事について――」

髪を掴んでガラステーブルに顔面を叩き付ける。砕け散るガラス。

「――税金払え！」

男の身体を持ち上げると、壁に投げ付ける。

壁でバウンドした男の身体が、掛けられた安っぽい絵を道連れにしながら、床に落ちた。

「すごい音だったけど、殺してないよね？」興奮が収まり、氷見の方はどうしているかと階段を覗いた越石に、氷見が言った。

「まだ生きてますよ」

キレていても、自分が相手に与えたダメージくらいは把握している。

店内に目を戻すと、男は壁から落ちたままの恰好《かっこう》で荒い息をしていた。他の者には逃げられてしまったのが腹立たしい。

「義務を果たさないくせに権利ばかり主張する奴らには我慢出来なくて。それは置いといて——」階段の手摺《てすり》に手錠で繋がれた東南アジア系の女性を指差す。「そっちの女、何か吐きましたか」

「全然。ベトナム人だってのはわかったから、西田さんに手伝ってもらってる」

階段下の暗がりに目を凝らすと、西田の姿があった。

越石は店内に取って返すと、さっき叩きのめしたばかりの男を引きずって戻って来た。全身の力が抜けてぐにゃぐにゃになっているので、扱いづらいことこの上ない。

「こいつ、誰だ？」男の髪を掴んで女に見せる。女が、怯えた表情を見せた。

「今のそいつの顔、親が見てもわかんないと思うよ」呆れたような、氷見の顔。

男の顔はいつの間にかあらゆる箇所が腫《は》れあがり、キャッチャーミットを思わせる風貌《ふうぼう》になっていた。その上をべったりと覆い、固まり始めた血。

「じゃあ質問を変えよう。上にいた連中はお前の仲間か？」

西田がベトナム語で通訳するが、女はそっぽを向いた。

越石は女を睨みつけながら、頭の中で映像記憶を起動する。踏み込んだ時にこちらを向いた男たち。人数は九人。そのうち五人は東洋人、目の前でぐったりしている男の仲間なら中国人だろう。残り四人は、肌の色の違いはあるがベトナム人に思えた。

「ベトナム人はお前の仲間だよな。もう片方の中国マフィアは商売相手か」

カマをかけてみた。西田が通訳してくれるが、もどかしい。もしこの女が日本語を解さないふりをしているだけなら、言い逃れを考える時間が倍になるのだ。加えて、西田がどういうニュアンスで伝えているのかもよくわからない。

女はそっぽを向いたままだった。

「もういいんじゃない？　どうせ言葉もわかんないし」氷見がいらいらし始めた。「そっちの男を尋問すればいいだけじゃない」

「それしかないですね。おい、起きろ」男の身体を軽く蹴る。「駄目だな。上から氷、取ってきます」

念のために男の右腕を手錠で手摺に繋いだ越石は、階段を上り始める。その後ろで氷見が、その名前の通り氷のような冷たい口調で話すのが聞こえた。

「で、そいつの組織がわかったら、この女を連れて行って、知ってる顔かどうか訊いてみようよ。もし『引き取る』っていうなら引き渡しちゃえばいいし」

ゆっくりと、噛んで含めるように話していた。この女が日本語を解するか試しているのだ。越石は階段を上りながらさりげなく振り返る。女の顔が強張っているのがわかった。

通訳しようとした西田を手で制した氷見が続ける。「そいつ、さっき福建語《ふっけんご》で怒鳴ってたから、福建黒社会《フウージエンヘイセホエイ》だよね」

女を試すため、そして自分が〝そっちの世界〟にも明るいとアピールするために、わざと中国語の発音にしている。

いつもの挑発が始まったようだ。越石はそっと立ち止まり、女の様子を観察した。気丈を演じて氷見から顔を逸らしているが、口元にどんどん力がこもってきて、頰が微かに震えているのがここからでも見て取れる。

「福建人って北京《ペキン》や上海《シャンハイ》の人から『学の低い田舎者』って見下されてて、東京とか海外の他の街でも野良犬みたいな扱いを受けるんで、コンプレックスがすごいんだってね。だから結束が強くなってマフィア化するって」

そういえば以前、日本で逮捕された色黒の上海人が、取り調べで通訳人に『福建人か?』と訊かれると目の色を変えて怒り出した、と越石も聞いたことがある。

「若く見えるね」氷見が女の顔を覗き込む。「二十二、三……いや、十八歳くらいでも通用するかな。モテるよ、あんた」

女が『何を言い出したのか』という顔で氷見を見返す。確実に、日本語を理解している。

「モテるってのは」氷見がにやりと笑った。「高く売れるってこと。人身売買は中国マフィアのお家芸だからね」

女がベトナム語で何かを言った。

「何て言ってるの？　西田さん」

「いくら払えば見逃してくれますか、って」西田が通訳する。

「日本語わかるんでしょ？」氷見が目を女に戻した。「日本語で言いなさいよ。その方が早いから」

また女がぼそぼそと何かを言った。西田がそれを受けて何やら言うと、女が頷いた。

「日本語で何を言っているのかはわかるけど、喋るのは苦手だそうです」

「しょうがないか」軽い舌打ち。「あのね、お嬢ちゃん。おたくの国じゃどうか知らないけど、日本の公務員で賄賂が通用するのは上の方だけだよ。それも、ウン千万単位でないと洟《はな》も引っかけてくれない」

たまに現場の捜査員でもセコい小遣い稼ぎをしているのがいるが、まあ、今はいいか。越石がそう考えた時、手錠で繋がれて倒れている男が呻き始める。

越石は階段を数段下り、爪先《つまさき》を使って男の顔をこちらに向かせた。こちらを見上げる男の顔は腫れていて表情がよくわからないが、その目には明らかな恐怖が浮かんでいる。

人差し指を立てて唇に当て、『黙っていろ』と合図を送る。男が頷いた。越石は男越しに階下を見下ろせる位置に移動し、氷見と女の会話の続きを聞く。

「名前は？」

女が答えないので、氷見が女の財布を目の前でひらひらさせる。「中、見るよ」

女は諦めたように俯《うつむ》いた。日本人ならこういう時、警察官に抗議したり文句を言ったりすることが多いが、社会主義国や共産主義国の一般市民は現場の警察官に対する恐怖心を植え付けられている。それらの国の警察官はマフィアと同じくらい質《たち》の悪い人種で、一般市民が逆らうと逮捕されたり金品を根こそぎ奪われたりする。あるいは、犯してもいない罪をかぶせられて刑務所で一生を終える可能性もある。

「ファン・テイ・マイ」財布に入っていた、女の在留カードを読み上げる。「この在留カードが本物だったら、の話だけど」

日本人は公的な書類が偽造・変造物かもしれないと疑うことはまずないが、そのような性善説は通用しない国になってきている。

「じゃあ、一つずつ見ていこうか」氷見が在留カードを電灯にかざすようにして観察する。「こうして傾けると、表面の『ＭＯＪ』の周りの絵柄がグリーンからピンクに……ならないね。マイナス一点」

うきうきした表情で、氷見が続ける。

「カードを九十度傾けると、顔写真下のホログラムの文字の白黒が反転……しない。マイナス二点」

女が項垂れるにつれ、氷見の笑顔が大きくなってきた。

西田が越石に目を向け、『この人はいつもこうなのですか？』と目顔で問いかけてくる。

『はい、いつもこうなんです』と越石も目顔で返しておいた。

「なんか楽しくなってきた。カードを上下に傾けると、左端の縦型模様の色がグリーンからピンクに……ならない。マイナス三点。もう後がないよ」

氷見は暗いエレベーターホールに出ると、スマートフォンを取り出して、ライトを起動する。

「カードの表から光を当てて透かすと、『ＭＯＪＭＯＪ』の文字が……はい、なし。めでたく偽造カードに認定されました。しかもかなり、ちゃち。お金ケチったね」

黙って俯く女のところに、氷見が戻ってきた。「預かっとくよ、これ。後で出入国在留管理庁のホームページで、カード番号を照合するから」

氷見は女の顎に指をかけ、顔を上げさせた。泣かせてしまうのではないかと越石は心配になったが、意外にも女の表情は引き締まっており、大きな目で真っすぐに氷見を見返した。東南アジア女性の、逞《たくま》しく、そしてふてぶてしいところが現れている。

「いい目、してるね。そうこなきゃ」氷見もその顔つきに感心したようだ。「本名かどうか知らないけど、マイって呼ぶよ。マイ、よく聞きなさい。あたしたちは不法滞在者狩りをしてるわけじゃない」

　マイが眉根を寄せた。いったい何を言い出したのかという顔。

「ある事件の、協力者——わかる？　いろいろ教えてくれる人——を探してる。このおじさんのお友達の——」視線はマイに置いたまま、顔だけ西田の方を向く。

「グエン・ドー・トゥン、上にいたんでしょ？」

　女の顔が引きつった。

「……その顔で、『イエス』って丸わかりだよ。『ワカリマセン』」

「…………」

「あ、そう」氷見はそう言うと越石に顔を向けた。「東京出入国在留管理局の新宿出張所に連絡して」マイに向き直る。「知ってるよね。退去強制手続を行うところ」

　マイが怒鳴るように何かを言った。悲鳴のようにも聞こえる。

「西田さん、今度は何て言ったんですか？」うんざりし始めた顔の氷見。

「協力する、何をすればいいかって」

「最初からそう言えばいいのよ。手間ばかりかけさせて。マイ、それで電話掛けて」

　氷見が、マイがショルダーストラップでたすき掛けにぶら下げたスマートフォンを指差した。

「あんたのグループの人に、無事に逃げ切った体《てい》で電話して、トゥンの居場所を聞き出して。ベトナム語がわかるこのおじさんがいるから、変なことを考えないほうがいいよ」

マイは言われた通り、電話を掛けて相手とベトナム語で話し始めた。氷見が西田に目を遣ると、西田は黙って頷いた。

会話が進むにつれ、マイが小刻みに震え始めた。

やがて電話が切られる。

「トゥンは福建マフィアに連れて行かれたそうです」

通訳をする西田の顔面も、蒼白になっている。

「マイ、それってこいつのところで間違いないな」越石が、ゆっくりではあるがようやく身体を動かせるようになった男を指差した。

マイが頷く。トゥンと交換出来ないだろうか。

「組織の名前は？」

「閩南《ミンナン》昇龍」

「田舎者丸出しのネーミングだな。知り合いに訊いてみます」

氷見と西田に断りを入れ、越石は階段に立ったまま自分のスマートフォンを取り出した。

電話の相手は、新宿警察署の組織犯罪対策課に所属する、村瀬《むらせ》という同世代の捜査員だった。

村瀬とは、変なことで縁が出来た。

以前、越石の強面《こわもて》ぶりを聞き付けた新宿署の組対課長が麻布署に越石の顔を〝見学〟しに訪れ、その場で大いに気に入り、『いるだけでいいから、今度のガサ入れに付き合ってくれ』と署を通して正式に協力依頼を送ってきた。

新宿署の仕事ぶりも見られるからいいか——と考えた越石は、ある暴力団のフロント企業が歌舞伎町《かぶきちよう》で経営するクラブの強制捜査に参加した。大規模な強制捜査であり、新宿署だけでなく越石のように他の署から補充要因として駆り出された多数の捜査員が入り乱れ、かなりごちゃついた現場となった。

その中で、奥のVIPルームに逃げ込んだ黒服を追って駆け出そうとした越石を暴力団員と間違え、後ろからタックルで倒して手錠を掛けようとしたのが村瀬だったのだ。

後になって『顔は前もって写真で見て覚えていたが、動いているところを見るとヤクザとしか思えなかった』と言い訳をしてきたが、越石とは馬が合い、時々飲みに行くなど、個人的な付き合いが続いている。

村瀬はすぐに電話に出た。警察官は、『電話は鳴るもの』と常時身構えており、何コールも待たされることはない。

「越石だ。ちょっと訊きたいんだけど、闘南昇龍の基地、知ってるか?」

『ああ、〝お得意先〟だからな』眠たげな村瀬の声。夜勤明けかもしれない。しかし越石が現状を説明すると、その声が徐々にしゃきっとしてきた。

「で、互いの人質を交換しようと思うんだが、一緒に来るか？」

『いや、おれはあそこには嫌われているから、行くとかえって話がこじれる。悪いな。そもそも、大人数で行くとまとまる話もまとまらなくなる』

「わかった、じゃこっちで動くわ」出来れば村瀬を巻き込みたくなく、闔南昇龍の居場所を聞き出すことと仁義を切っておくことが目的の電話なので、むしろ有難い。

『相手の言うこと、全て疑ってかかれよ。まず本当のことは言わないから。あいつらは日本のヤクザと違って、持ちつ持たれつって発想がない。電話で根回しはしておいてやるよ。お前が行くことをおれたちが知っているなら、拉致られたり消されたりはしない。あとは自分で何とかしてくれ。ついでに殲滅《せんめつ》してくれると有難い』

「可能ならやっておく」

電話が切られた。村瀬がスマートフォンに送ってくれた住所を地図アプリで検索する。

「どこって？」

「四谷《よつや》三丁目ですね」

「応援、来ないんだ」

「その知り合いが嫌われてるのと、大人数で行かない方がいいとかで」

「わかった。じゃ、こいつと交換しに行こう」

氷見は、まだふらふらではあるが何とか動けなくもないくらいに回復した男を顎で指すとそう言った。

マイと男は氷見と西田に見張ってもらい、越石はパーキングに走ると車をビルの前まで回し、一旦氷見たちのところに戻ってくる。

エレベーターが狭いので、二手に分かれなくてはならない。呻きながら足を引きずってのろのろ歩くのが精いっぱいの男は後からゆっくり乗せるとして、まずは越石がマイをマークXの後部座席に乗せることになった。

越石がエレベーターのボタンを押してドアを開け、氷見が階段の手摺と繋いでいたマイの手錠を外す。

あ、という氷見の声と共に、手錠が床に落ちる硬い音が聞こえた。振り向くと、氷見と西田にリボルバー拳銃を向け、左手で手摺を探りながら後ろ向きに階段を上がっていくマイの姿が見えた。銃はニューナンブ。くそ、持っていたのか。

越石と氷見がそれぞれ銃を抜き出した時、階段の上から乾いた銃声が響いた。ほぼ同時に、銃弾がフロアの床を削り跳弾となる音。

西田の肩を掴んで下がらせ、越石と氷見は階段下の左右に分かれる。

「マイ、馬鹿なことしないで、銃を置きなさい。今なら、見なかったことにしてあげるから。あたしら、そんなに四角四面じゃないし」

氷見がそう言って西田を見ると、西田がベトナム語で繰り返した。

返事はなく、スニーカーが階段を駆け上がる音。越石が駆け出し、氷見が続こうとする。

「氷見さんはこいつを」越石が福建マフィアの男を銃口で指す。この上、こいつにまで逃げられたらたまったものではない。

越石は階上に到着するとドアの脇から半身を出し、銃を握った右手を店内に向ける。その先にマイがいないと見ると銃を左手に持ち替え、左の半身になって店内の右側に銃を向ける。

いない。今度は銃を両手把持してそろそろと店内に足を踏み入れた時、奥から抜けてくる風に気が付いた。湿気を含んだ、熱い不愉快な外気。

他の奴らと同じルートで逃げやがった――開け放たれた窓に駆け寄ると、顔が窓の外に出ないよう気を付けながら、見下ろす。

ほんの一メートルほど先に隣のビルの外壁が迫り、斜め下には大きく開かれた窓。窓の端に寄せられ、風にひらひら揺らぐ安物のカーテンが、『バイバイ』と越石を嘲笑《あざわら》っているように見えた。

たかだか一メートルほどだが、子供の頃、幅跳びが大の苦手だったことを思い出して怖くなり、取って返す。

大急ぎで階段を駆け下りて路上を見回すが、マイがいつまでもそのあたりをうろうろしているわけもなく、越石は悪態を吐きながら再び氷見たちのところに戻った。

「ごめん、あたしのミス」開口一番、氷見が謝る。「身体検査しなかった」

「あいつ、どこに隠してたんですか、銃」

「パンツの後ろ。アウターの裾《すそ》で隠してた」

「そうですか……」

二人揃って肩を落とす。

「……まあ、まだこの福建マフィアがいますから。こいつの線に絞りましょう」

「マイ、拳銃持ったままですよね。本庁から応援を呼んだ方がいいんじゃないですか」おずおずといった様子で西田が口を挟んだ。

二人が同時に西田に目を遣り、同時に口を開こうとして同時に黙る。越石が身振りで氷見に発言権を譲った。

「応援要請するには本部に現状を報告しなきゃいけません。何て説明するんです？ ご存じだと思いますけど、警察って減点法でしか人を評価しないから、報告を上げるにしても何か〝土産〟が要るんです。上の人間が、さらに上に報告するのに必要なグッドニュースが。それがないと、あたしたちは即座に現場から外されて、汚名返上のチャンスがなくなります」氷見が銃を腰のホルスターに戻した。「その土産を見付けるまでは、報告はしません。西田さんも、あたしたちがいいと言うまで誰にも漏らさないで下さい。ご理解、感謝します。以上」

西田にものを言わせる暇も与えず、氷見は一方的に会話を打ち切った。

村瀬に教えられた住所は、四谷三丁目交差点に面した、地下鉄の駅を上がってすぐのレストランビルだった。

十階建てくらいだろうか、ビルの正面にカラオケボックスの巨大な看板が掛けられているせいで、外から階数を数えることは難しい。一階は牛丼《ぎゅうどん》のチェーン店が、二階には中華料理好きの間では有名な潮州《ちょうしゅう》料理店の支店が入っている。

今度は氷見がハンドルを握り、西田が助手席に収まったマークXは、目当てのビルを通り越してすぐの、格子フェンスの切れ目で停まった。

後部座席から車道側に降りた越石は歩道側に回ると、御徒町で叩きのめした男――名前がわからないので、暫定的に『御徒町くん』と呼ぶことにした――の首根っこを掴むように引きずり出す。

「じゃ、行ってきます」

「あたしたちはこのビルの裏手で待機してるから。スマホ、繋いでおこう」

「はい」ジャケットの胸ポケットからスマートフォンを取り出して起動すると、氷見の電話場号に掛ける。氷見が出るとそのまま胸ポケットに入れた。

行き交う歩行者の間に緊張が走る。御徒町くんを引きずるようにしてビルに向かう越石を見た人々は、立ち止まるか足早に立ち去るかなので、歩道に花道のようなものが出来、歩くのが楽ではあった。

牛丼屋の横には四隅がけば立った木製のドアがあり、かつて営業していたと思《おぼ》しいバーの店名プレートが貼られたままになっている。

鍵は掛かっていなかった。中は何の変哲もないバーで、カウンターやスツールの上には埃が溜《た》まり、何年間も放置されているグラスがカウンターの後ろに、これも埃まみれになって置きっぱなしになっている。

すえた臭い、ところどころ建材が歪んでいる木張りの床、表面の曇ったバーカウンター。カウンター隅の天井近くに型落ちのテレビが据え付けてあるが、これも薄汚れている。

村瀬から来たショートメッセージによると、このバーのオーナーである王天佑《ワンテエンヨウ》は、四谷三丁目と西新宿の一部を取り仕切る閩南昇龍の大哥《ダーグア》（アニキ）であり、酒場、食料品店、結構な量の商業不動産の利権を握っている。

越石が御徒町くんを引きずる音を聞き付けたのか、奥のドアを開けて中国人らしい男が顔を出した。

「王に会いたいんだが」

高価そうだが趣味の悪いシルクシャツを着たその男がスマートフォンを取り出し、中国語で二言三言話す。そして越石に向き直ると「来い」と顎をしゃくった。

「こいつはどうする？」御徒町くんのベルトの後ろを掴んで無理やり立たせながら訊く。

「取り敢えずここに寝かしとくか」

「一緒に連れて来い」

「冷たいな。仲間だろ？　お前が抱えてやれよ」

シルクシャツは何か言い返しかけたが、黙って越石から御徒町くんの身体を受け取った。

シルクシャツが再び顎をしゃくった先、店の奥へと歩を運ぶ。

トイレの奥のドアを開けると地下へと続くコンクリート製の階段があった。階段を降りたところに、覗き窓の付いた鋼鉄製のドア。拳《こぶし》でどんどんと叩くと、扉が中から開けられる。扉を開けた男がボディチェックをするべく『両腕を上げろ』と身振りで合図するが無視し、男を押しのけて部屋の中に入った。

警察手帳を見せながら、周囲を見回す。

そこそこ景気よくやっている福建マフィアの溜まり場とはいえ、その地下室は世界中の多くの水商売の舞台裏同様、客が立ち入らないところには金をかけない質素なものだった。柱と梁《はり》だらけで使い勝手の悪い地下室。じめついたコンクリートの床。

そこに置かれた家具や什器も粗末なものだ。隅に置かれた簡易キッチン、帳簿やその他会計関連の書類が詰まったスチルキャビネット、がたのきた木のローテーブル、そして王らしき男とその手下たちが座っている、年代物の合成皮革のソファ。

部屋の奥には安物の木製ドアがあるが閉ざされており、反対側の様子はわからない。食後のようで、テーブルの上には炒飯《チャーハン》や炒《いた》め物の跡が残る皿や箸《はし》が白酒《バイジュウ》のボトルと一緒に乱雑に置かれており、部屋には食べ物の臭いと煙草の煙が充満している。

王と思しき男の他に三人おり、シルクシャツと御徒町くんを入れると合計五人の手下がここにいる。爪楊枝《つまようじ》で歯をせせっていた三人が、「シャオジャン」「シャオジャン」などと言いながら立ち上がり、御徒町くんに駆け寄ると部屋の隅に寝かせる。せめて下に何か敷いてやればいいのに、と越石は思いながら、ドア側のソファに座った。

「あんたが王さんか」

奥のソファの真中に陣取った男に声を掛ける。スキンヘッドの肥満体で、屋内、それも地下室だというのにティアドロップ型のサングラスをかけ、夏だというのに襟の広い革コートに身を包んでいる。越石ですら寒く感じるほど冷房を効かせているのはそのためか。周囲に四人いる手下たちは長袖のシャツやスウェットを着込み、明らかに寒がっている。

男は軽く頷くと、目の前のジョッキに三分の一ほど白酒を注ぎ、そこに生卵を割り入れるとエナジードリンクをなみなみと注いだ。見たことのない飲み方だが、ずいぶん身体に悪そうだ。

それを二口で飲み干した王が、隣に腰掛けたスウェット男に何ごとかを言う。スウェットは頷くと、「村瀬から電話があったのはお前のことか」と越石に確認する。王は日本語が喋れないようだ。まったくやりづらい。村瀬もそういったことは前もって言ってくれればよいものを。

「もう一度訊くが、あんたが王さんか」スウェットの男は無視して、スキンヘッドの肥満体に真っすぐ目を据える。

スキンヘッドが頷いた。この程度の日本語は聞き取れるらしい。

その王が見かけに合わない甲高い声で言った言葉を、またスウェットが通訳する。

「シャオジャンをえらい目に遭わせてくれたな」

中国語の愛称で『小《シャオ》』は日本語の『ちゃん』のような意味を持つと聞いたことがある。それに続く『ジャン』が、御徒町くんの姓名の一部だ。

「あいつが先に、捜査妨害をしてきたからだ。質問が二つある。賭場でかっさらったベトナム人はどこだ？　シャオジャンとやらは、御徒町の賭場で何やってた？」

「賭場？　おれは知らない。若い連中が遊びに行く先まで責任は持てない」

スウェットの日本語も決して上手ではないので、会話がまだるっこしくて仕方ない。

「よく見たら、賭場で見た顔があるぞ」シャオジャンの介抱をしているうちの一人が着ている、趣味の悪い紫色のシャツに見覚えがあった。

「あいつは御徒町には行ったことがない」

しれっと吐く嘘。以前村瀬が『福建人犯罪者は上海人犯罪者と同じくらい嘘を吐くが、上海の奴らほど嘘が上手《うま》くない』と言っていたのを思い出した。

その時、地下室のさらに奥にある木のドアの向こうからくぐもった呻き声が聞こえた。王が『聞こえたか。なら仕方ないな』と言うような表情を越石に向ける。

王の合図を受けた手下が奥のドアを開け、中に向かって何やら命令口調の中国語を投げかける。まだ十代と思しき若い手下が奥から引きずってきたのは、シャオジャンほどではないがひどく痛めつけられたらしいベトナム人の若者だった。紫色に腫れあがった唇から呻き声が絶えず漏れている。

「満足したか？」

「トゥンか？」王を無視して訊ねると、頷いた。

「刑事さん」スウェットの通訳。「この野郎が何故こんな目に遭ってるのか、わかるか？」

「知るか」

「想像くらいはつくだろう」

「つかないな。教えてくれよ」

越石はそう言いながら、胸ポケットのスマートフォンが音声を拾いやすくするために身体を少し前に乗り出した。

王が何かを言ったが、スウェットは通訳せず、たしなめるような口調で王に何か言い返した。くそ、言葉が通じなくて困るのはこういう時だ。貴重な『うっかり漏らす一言』が、このように失われてしまう。

それでも、トゥンを取り戻せただけでも良しとしよう。そのうち、ミキサー車で乗り付けてこの地下室に大量の生コンクリートを流し込んでやる。

手下に肩を押されたトゥンは、ふらふらと越石の斜め前に来ると目礼をした。相当、日本の生活に慣れている様子の目礼だった。

ここを出る前に、駄目もとでもう一度訊いておこう。

「二つ目の質問に答えてないな。シャオジャンは御徒町で何をやっていた？」

越石は座ったまま、さりげなく腰の拳銃に手を伸ばし、王に顔を近づけた。

「当ててやろうか。拳銃、買ってたろ。日本国民の血税で買った、大事な、大事な、警察拳銃をよ」

王の手下のうち日本語を解すらしい数人が、固まった。カマをかけたら図星だったかと思ったが、同時に違和感も覚えた。

何故トゥンが買い手に拉致されて痛めつけられる？　揉めているのか？　こいつらは。

越石の言葉を通訳してもらった王は、サングラスのせいで目付きがわからないものの、頭に血が上ってきた様子だった。

「ベトナム人のＳＮＳに書いてあったぞ。中国人が拳銃を買ってるって」

「中国人はおれたちだけじゃない」

「調べてみたら、面白いだろうなあ」越石は立ち上がりながら言った。どうせ村瀬から電話が入った時点で、違法な物品はここから持ち出されている。今暴れても仕方ない。それに、トゥンという足かせまで抱え込んでいる。

「また遊びに来るよ。今度はそれ、俺の分も頼んどいてくれ」テーブルの上の料理の跡を顎で指す。

王や手下たちを見ると、よほど頭に来ているのか、今にも湯気を噴き出しそうな顔色をしている。

粘り着くような視線の中、越石はトゥンを連れて、鋼鉄のドアを開けて廊下に出る。

ふと、さっきまで誰かがこのドアの外で聞き耳を立てていたような気がした。しかし目の前には、来たときと変わりのない殺風景な階段があるだけだった。

外に出るとスマートフォンを出して、「トゥンと一緒に出ました。歩くのが辛《つら》そうなんで車回してもらえませんか」と電話の向こう側にいる氷見に言う。

『了解。班長が話したがっているから電話しておいて。あと、あたしからも話があるから』

わかりましたと電話を切り、ディスプレイを見る。確かに、班長から着信が一件ある。

氷見と電話を繋いだままにしていたので、振動しなかったようだ。

折り返しは氷見と合流してからにしよう。今は、王たちが追って来たり、トゥンが逃走を図ったりした時のために、いつでも走り出せる態勢を取っておかなくてはならない。

三分ほどでマークXが到着した。同時に、「お疲れ」と聞き覚えのある馴れ馴れしい声が背後から聞こえる。

振り向き、目を疑った。ひげの生えた丸顔に細い目。虚勢を張るような鳩胸。自分がここにいるのが当然という表情を浮かべた、真鍋だ。

「何やってるんだ？」トゥンを支えながら、思わず詰問口調で訊ねる。

「交代するんだよ、越石君と」

「はあ？」我ながら間抜けな顔になっているのがわかる。

パーキングブレーキをかけた氷見が運転席から降り立った。西田も大慌てで助手席から降り、「トゥン！　大丈夫か？」と駆け寄る。

トゥンは「大丈夫です」と日本語で返した。

その後、二人はベトナム語に切り替えて何か深刻な顔で話を始める。話の内容が気になるので日本語で話してほしいが、どうも頼みづらいなと越石が思った時、

「西田さん、会話は日本語で。トゥンも、自分の立場わかってる？」と、氷見が命令した。続いて「すみません」「わかりました」という二人の声。

氷見がつかつかと越石に歩み寄る。「班長に電話した?」

「これからです。ていうか、何であいつがいるんです?」真鍋に口の動きを読まれないよう顔の角度を変えて訊ねる。真鍋は当然のようにトゥンの脇に立ち、手柄のチャンスを逃すものかと言わんばかりに警戒している。

「越石が動けなくなるから、頼んでもないのに『応援を寄越す』って。で、来たのがあれ」真鍋の方に頭を傾ける。「現状教えろって言うから、班長には状況話した」

越石は頷いてみせた。仕方ない。御徒町のごたごたも、いつまでも隠し通せるわけではない。

「それにしても俺が『動けなくなる』って……。用件って何でしたか?」

「本人にしか話せないって。なんか急いでたよ、班長」

班長からの着信履歴を呼び出してタップする。すぐに班長が出た。電話に出なかったので怒られるなと覚悟をしていたが、班長の声は平静そのものだった。いや、不自然なまでに平静すぎる。

「越石です。電話取れずすみませ――」

「今すぐ現場を離れて自宅に戻れ」班長が言葉を遮った。

「どういうことですか」

「奥様が……」一旦言葉を切り、続きを絞り出す。「……亡くなられた」

自宅マンションの周辺には警察車両が駐められ、制服警察官が一般車の誘導や野次馬の整理をしていた。

越石の乗ったタクシーがマンションに近づく。迂回するよう言いに来た警察官が越石に気付き、はっとした。

「お疲れ様です」敬礼と共に、何ともいえない複雑な表情を見せる。

自分でドアを開けた越石は、「お客さん、お釣り」という運転手の声を無視して、野次馬も警察車両も蹴散らさんばかりの勢いでマンションに走る。

警察官の敬礼を無視して一階のエレベーターホールに駆け込み、エレベーターが四階で止まったままであることを見て取ると迷わず内階段を駆け上がった。

四階の廊下、自分の家のドアの付近は私服警察官と制服警察官でごった返している。事件現場に最初に入れるのは鑑識で、微細証拠物件の採取や写真撮影などが済むまで、他の捜査員が足を踏み入れることはない。

私服警察官たちは、特別捜査本部と麻布警察署の混成部隊だった。その中の一人、麻布署の組対で越石の先輩にあたる砂川《すなかわ》が、「おい」と横にいる若手捜査員に顎をしゃくる。若手がショルダーバッグの中からポリエチレンの使い捨て手袋と靴カバーを出し、息を切らす越石に手渡した。

砂川は再度越石を一瞥すると、室内の鑑識に声を掛けた。

「鑑識さん、すまん。人定で越石に入ってもらっていいか」

はい、と室内から返事が聞こえ、本庁と、越石の同僚たちが無言で越石の通り道を開ける。こんな時にどんな言葉を掛けても意味はない。それよりも、一刻も早く真相を究明することが捜査員にとって最優先事項で、それは亡くなった人への何よりの手向けになる。

手袋と靴カバーを着けて入ったリビングルームの中央あたりに、サマーセーター姿の円が倒れていた。

薄く見開いた目、眠っている時のような口元、側頭部に開いた穴と、そこから壁と床に飛び散った血と何か。

首元から下は、いつもとまったく変わらない。しかし人体というものは、それを構成する物質は同じであるにもかかわらず、生きている状態と死んでいる状態では全然雰囲気が違う。血色の違いや呼吸の有無だけではなく、生と死の間には、説明不可能な大きい溝が横たわっているのだ。

そして円は、その溝を越えた。

そこまで考えた時、沸騰して溢れそうになっていた越石の感情が何故か、差し水をされたように、腹の底に沈んだ。

タクシーに乗っている時に掛かってきた電話を思い出す。現場に駆け付けた砂川からの、オフレコの電話。

『状況から判断して、自死されたようだ』

今、越石の世界の中には、命を失って倒れている円と、その横で立ち尽くす自分自身しか存在しなかった。さっき腹の底に沈んだ途方もなく大きな感情が再び暴れ出そうともがいているが、それをまた別の途方もなく大きな、そして冷たいものが蓋となって押さえ付けているような感覚。そのせいで頭の中はむしろ平穏だった。ただ、平穏といっても冷静なわけではなく、思考や感情が〝重し〟のせいで動けないだけだ。

越石は、こういう時には自分はどう動くべきか、それどころか、どういう感情を持つことが正しいのかという答えすらも、探しあぐねていた。

「越石さん、こちらの壁伝いでしたら歩いても大丈夫です」

不意に声が聞こえた。越石の心の中で、越石と円にだけ当てられていたスポットライトが消え、周辺の照明が点く。

鑑識捜査員たちが床や壁に貼り付き、目を皿のようにして微細証拠物件を採取していた。全員、越石の同僚だ。

越石に声を掛けた鑑識捜査員もよく知った男で、越石に向けるそのプロフェッショナルの目が一瞬、痛みに耐えるような光を見せた。

「奥様……でお間違いないでしょうか」鑑識捜査員が目を伏せて訊く。

越石は小さく何度も頷いた。言葉が出なかったのは、円の右手に握られたものに気を取られているせいだ。別の鑑識捜査員によって何枚も写真を撮られている、黒い鉄の塊。アルファベットや数字が記入された鑑識標識板の中でも、最も重要な部分を示す『×（バツ）』が置かれている。

ニューナンブM60。何故、こんなものがうちにある？　何故、円の手の中にある？

うちにも届いたのか。何故、俺に言わなかったのだ。

もしかしたら強盗が使用し、自殺を装って円に握らせ、置き去りにしたのか。

せめて自殺ではないと信じ込みたい気持ちを、警察官としての現実的な自分が押し返す。希望的観測を捨て去り、悲観主義のリアリストに徹しろ。組対に配属された時に砂川から徹底的に叩き込まれた、捜査員の心得。

鑑識捜査員が、白い手袋を着けた手で拳銃をそっと取り上げ、ハンマーが下りていることを確認すると、フィールドキットから取り出したポリエチレンの証拠品袋に入れる。これを他の捜査員に目視で確認してもらい、指紋採取や発射残渣《ざんし》の確認に入る。

ようやく、廊下にいた捜査員の入室が許可された。続々と入ってくる私服警察官たちは皆、リビングルームに入ると数秒間、合掌をする。

砂川が、『奥様だな？』と目顔で越石に確認する。越石は静かに頷いた。

「娘さんは今どちらに？」

麻布署の後輩捜査員が訊いてくる。この間までは現場で右往左往する若手だったのだが、ずいぶん落ち着き、刑事特有のぎらついた眼光を手に入れている。成長したな——越石は場違いな感慨を抱いた。

「この時間は、保育園だ。迎え——」

そこまで言うと越石は言葉に詰まった。こういう時に迎えに行くのは親の義務だが、茉莉の顔を見るのが怖い。不安がった茉莉が自分にすがりつくところを想像すると、怖い。

誰かいないか。茉莉が安心する身内はというと、越石の両親も既に他界しているので、妹夫婦しか思い当たらない。しかし神戸《こうべ》在住の二人に、今から来てもらうわけにもいかない。誰かいないか。

「——を、地域課の秋野《あきの》に頼んでくれないか」

咄嗟に浮かんだ人物の名前を言った。秋野紗也香《さやか》はこの地区の交番に勤務する制服警察官で、円と仲が良く、巡回連絡の際に越石宅に立ち寄って玄関口で円と世間話をしていくこともあり、茉莉も『おまわりさんのお姉ちゃん』と懐いている。

「俺はここで初動捜査を手伝う」ともすれば震えそうになる声で言った。

「わかりました。段取ります」後輩捜査員がスマートフォンを取り出す。

越石も自分のスマートフォンを取り出し、茉莉が通う保育園の番号を呼び出した。呼び出し音を聞きながら、こんな時に迎えに行けない自分が情けなくなってきた。

『初動捜査を手伝う』だと――

保育園の職員が電話に出た。

「お世話になっております。越石茉莉の父親です」

――本当は茉莉と顔を合わせる勇気がなく、先延ばしにして逃げているだけなのに。

「通報者に話を聞く。来るか？」電話を終えた越石の横に来た砂川がさりげなく言った。

「はい、その前にもう一本だけ電話を掛けさせてください」越石は通話を切ったばかりのスマートフォンで、妹の大久保《おおくぼ》祐子《ゆうこ》を呼び出す。茉莉のケアや葬儀の手配など、一人で何もかも対処するのは無理なので、手助けが必要だった。

てっきりパトカーの後部座席で話を聞くのかと思ったが、通報者であり第一発見者でもある人物は同じマンションの二階住人なので、その家に上がらせてもらうことになった。赤城智恵子《あかぎちえこ》という主婦。越石や円より十歳ほど年上ではあるが円と話が合い、互いの家によく遊びに行って茶飲み話をする間柄で、越石も面識がある。

智恵子は女性警察官に付き添われ、自宅のリビングルームにいた。スマートフォンがコーヒーテーブルの上に置かれている。こういった場合、情報が外に漏れないよう、あるタイミングまでは電話連絡を控えるよう要請するのだが、それに応じてくれたようだ。

越石と砂川を自宅に招き入れた智恵子は、見ていて気の毒になるほど動揺しており、おろおろと話もおぼつかない様子だった。

普通に話すと一分もかからない発見時の様子をたっぷり十五分ほどかけて説明し、その間も、膝の上に置いたハンカチを落ち着きなく畳んだり広げたりしている。

話をまとめると、いつものように越石の家に円を訪ね、しばらく世間話をして退出した直後、ぱんという破裂音が聞こえたので何ごとかと戻ったところ、円が頭から血を流して床に倒れていたという。

涙声で話す智恵子を見ながら越石は、動揺するのも無理はないと思った。何しろ、さっきまで話していた隣人が死んだのだ。

ひと通り話が終わると、「ご協力ありがとうございました。またお話を伺うかもしれませんが、その際はよろしくお願いします」と、智恵子宅を出る。

「越石さん」

震える声で、智恵子が呼び止めた。

「あの……何と言っていいか……」

越石は「いえ」とだけ言い、軽く会釈をして階段に向かう。

その後、越石は麻布署組対課の課長から呼び出しを受け、休暇を取るよう命じられた。

「休暇申請はおれが代わりに出しておいた。いいか、今は奥さんと娘さんのそばにいろ。これは命令だ。こうでもしないと、お前は動き続けるからな」

歯がゆく、地団太を踏みたい気分だったが、警察組織において上の判断に異議を唱えることはあり得ない。休暇を受け入れる他なかった。

氷見には、真鍋が新しい相棒として付くことになった。氷見の苛つく顔が脳裏に浮かんだが、これも我慢してもらうしかない。

本庁に戻り、班長以下捜査員たちの悔やみと励ましの言葉を受けながら、M3913を銃器保管庫に戻す。

エレベーターホールで一階ロビーに出た時、腕組みをして壁にもたれている氷見が目に入った。いろいろ言いたいことがありそうな目をしている。

氷見は、親指と小指を立てた右手を電話の受話器のように耳に当て、『あとで電話しろ』と身振りで伝えると、早足で歩き去った。

庁舎を出た越石は麻布署に行き、装備担当に手錠を返却する。手帳を持ち出すかどうかは躊躇した。手帳は非番であっても『警察手帳規則』第六条で定められているように、常に携帯しなければならない。しかし、ベテラン捜査員のように、手帳なしでも緊急事態の対応に自信のある者や、内勤者のように捜査活動や逮捕活動を行わない者は、非番時には持ち歩かないことが多い。紛失した時の面倒くささを知っているからだ。

越石は少し考え、持ち帰ることにした。円のことで何か知人や近隣の住人に話を聞くことになった時に使えると踏んだからだった。

汗まみれになって外に出ると、祐子からＬＩＮＥメッセージが入っていた。これから新幹線で新神戸《しんこうべ》駅を出るという。

越石は六本木通りでタクシーを捕まえた。

「東麻布二丁目まで、急ぎで」

地域課の秋野が茉莉を連れて、交番で待っている。

茉莉と二人きりでいるのは少しの時間だけだ。

祐子が東京に到着するまでの間だけなら、なんとかなるだろう。

第七章　八月十一日　氷見

午後に入ってから叩き付けるように降り出した雨が、路面を洗っていた。

荒川区、隅田川《すみだがわ》沿いの住宅街を西に向かった三ブロック目に建つ古い二階建ての印刷工場。

トゥンと、ＮＰＯ団体の職員を装った真鍋が、トゥンの仲間——ダットという名前が判明している——からスマートフォンでナビゲートされて入っていった建物がそれだった。

二人の動きを、捜査員の目視と真鍋のスマートフォンのＧＰＳで追う特別捜査本部。やがて、管理官から指示を受けた大型トラックと、氷見が乗るマイクロバスが、数ブロック離れた角を曲がったところに停車する。

保冷車のように堅牢《けんろう》な鉄板で覆われたトラックは『Ａ１《エーワン》』と呼ばれる、立てこもり事件の対応に出動する車両だ。武器や資機材の保管と運搬、さらには移動可能な基地として利用するため、特五がＳＡＴから借り出してきた。

その車内には、立てこもり事件の対応に必要なあらゆるものが、ありとあらゆるスペースを活用して収納されている。突入前の情報収集に使用するファイバースコープ、コンクリートマイク、電磁波人命探査装置、制圧時に使用する防弾チョッキが三十着、各種銃器、無線機、出動服、破城槌《はじょうつい》、ボルトカッター、閃光弾《せんこうだん》、不意打ちの目潰しとしても使うことがある消火器。

マイクロバスは移動現場指揮車で、現場を指揮する幹部が各方面に指示や連絡を出す、いわば司令塔だ。車内には、指揮官である一課長が捜査員や制圧班の班員たちと詰めており、モニターを睨みながら耳をすまして無線の会話を聴いている。

防弾帽と防弾衣を身に着けた氷見は、一課長の後ろに立っていた。昭和島でダットの仲間たちの顔を見ている氷見は、現場での人定確認のために特五に同行して現場に入ることになっている。ただし、班が違うので通常の拳銃しか携行が許されず、特五の前に出ないよう命じられていた。

一課長がビデオモニターから顔を上げると、隣にいる特五の偵察班員に声を掛ける。

「もう一度確認する。出入りが可能な箇所は正面出入口と建物反対側の窓に続く非常階段のみ、だな。非常階段は老朽化が激しいようだが、使えるか？」

「問題なさそうです」偵察班員が答えた。場所が突入寸前まで不明であったため、監視班が必死でファイバースコープやコンクリートマイク、電磁波人命探査装置などを使って内部の様子を探っている。同時に、この建物の管理会社に連絡をし、間取り図を送ってもらっていた。

「内部には内階段が一か所、人荷用エレベーターが一基です」偵察班員が続ける。「エレベーターは二階フロアにも階数表示があると思われるので、使用は避けた方がよいかと」

一課長は無線で制圧班の班長を呼び出す。

『はい、制圧班』

「現場本部より。突入、制圧にあたり、エレベーターを一階に呼び、停止させておくように。使用は禁止する」

『了解』

さらに一課長が無線に向かって告げた。「現場本部より全班。準備完了まで九十秒。完了次第、号令を出す」

『制圧班、了解』『追跡班、了解』『偵察班、了解』

一課長が率いる特五は偵察班、制圧班、万一の際の追跡班に分かれている。警備部の理事官によりSATの狙撃手を配置することも提案されていたが、犯人を生きて逮捕し、送検したいという司法警察としての思いがあるので、必要なしと断っていた。捜査と送検が仕事である刑事部と、状況の鎮圧を任務とする警備部の意見のすれ違いは、珍しいことではない。

せっかくの申し出を断るなよ、ボケ。氷見は苛立ちをこらえながら、一課長の指示を待っていた。

A1の車内には、防弾帽、防弾衣、防弾盾、銃器というフル装備の制圧班が八名潜んでいる。彼らが先頭に立ち、そこに、マイクロバスで待機している六名と氷見が加わり、正面と裏の非常階段から計十五名が一気になだれ込む体制となっている。

その他、一課や所轄署の捜査員が通行人やタクシーの運転手を装って周囲に展開しており、印刷工場の窓、正面出入口、建物裏の非常階段を様々な角度から見張っている。

無線から、班長の声が流れ出てきた。

『制圧班、これより指定位置に移動します』

「了解」

曲がり角からゆっくりとA1が向かってきた。過去には外側にカモフラージュのため海運会社や運送会社の社名やロゴが貼られていたが、現在は何も書かれていない。

時速十キロほどで流すA1の、印刷工場側から死角となる側には制圧班の班員が四名隠れており、A1の速度に合わせた小走りの歩調で向かってくる。それぞれが拳銃――ベレッタ92FS Vertec、S&W M3913――を握っており、最後の一人は、フラッシュライトと折曲式の銃床が装着された、セミオート限定モデルのH&K MP5SFKを胸の前で構えていた。

A1は建物の正面出入口前で停止した。同時に死角側を歩く班員も立ち止まり、銃を構え直す。

『制圧班、準備完了』『追跡班、準備完了』

「突入！」一課長が、無線のマイクに向かって吠《ほ》えた。

その号令に、制圧班は無言の行動で応えた。Ａ１の死角から駆け出した班員に、荷台から銃を持って飛び出した班員が続く。

氷見もマイクロバスから駆け降り、しんがりに付いた。

ドアを破壊する役目の二人組を先頭に、班員たちは叩き付ける雨の中を走り抜ける。

施錠された正面出入口のドアノブと蝶番が破壊され、ドアが取り払われたところで、班員たちがなだれ込んだ。

次々と建物内に走りこんだうちの二名が立ち止まり、エレベーターのドアを開けるとセーフティシューをテープで固定する。逃走を図る者が出た場合に備えてその二名を一階に残し、七名と氷見が内階段を駆け上がり、五名が狭いロビーを駆け抜けて裏口から非常階段に回った。

一気に二階に駆け上がった班員たちは散開し、階段の脇、洗面所に折れる廊下の陰にそれぞれ陣取って銃を構えた。氷見も班長の脇に付き、自分の銃を抜くと装弾を確認する。

班長が、喉元に装着した声帯振動感知式の無線機で非常階段の五名に小声で呼びかける。

氷見のイヤホンにもその声が流れてきた。

『A班、現着。B班、状況送れ』

『B班、現着。窓外で待機中』

『了解。突入まで三秒……二……一……突入』

班長の冷静な声。施錠された扉が、破城槌で破壊される。扉の前と非常階段に、逃走者を止める役目の班員が一名ずつ待機し、正面から六名と氷見が、裏手からは粉砕されたガラスの破片を浴びながら四名が工場に駆け込んだ。

その後はまさに工場内を嵐が通り過ぎるような状態であった。

突入は相手に考える暇を与えず、素早く身柄を確保していくのが定石だ。びしょ濡れの班員たちが銃を構え、年代物の印刷機が立てる騒音の中を「警察だ！」「抵抗するな！」「床に腹ばいになれ！」と怒鳴り散らし、自分たちの背より高い機械や棚が立ち並ぶ迷路のような通路を走り抜ける。

氷見も銃を構えて走りながら、トゥンと真鍋、そして見覚えのあるベトナム人の顔を探した。が――。

いない。

訳がわからず悲鳴を上げて身を縮こまらせる外国人労働者たち。一瞬の出来事に判断能力が完全に麻痺《まひ》した彼らを片端から床にねじ伏せて手錠をはめていく班員たち。その上を飛び越えながら氷見は、焦りがこみ上げるのを感じていた。

目の前の通路から飛び出し、氷見と鉢合わせするかたちになりたたらを踏んだ痩せた男の、汗で変色したシャツの胸ぐらを掴んで引き寄せ、その勢いを借りて近くの班員に向けて突き飛ばす。

再び駆け出しながら氷見はなお、周囲に視線を走らせる。

あの連中、どこに隠れてるんだよ。トゥンとクソ真鍋はどこにいった。

その時、印刷機が一斉に動きを止めた。班員がブレーカーを落としたのだ。

耳をつんざく機械音が止むと、工場内に交錯する怒号と悲鳴がはっきりと聞こえてきた。

その頃には既に状況は九割方制圧されており、最後まで逃げ回っていた数名を確保した段階で印刷工場は完全に制圧された。

「氷見、対象者《マルタイ》はいたか？」班長の大声。

「……いません」

「何だと？　もっと大きな声で！」

「だーかーらー、い・ま・せ・ん！」横にある脚立を蹴り倒した氷見が怒鳴り返す。

氷見を睨みつけたものの、すぐに何かを思い出したかのように目を逸らした班長が、無線で一課長に報告をする。「制圧完了、ただしマルタイの姿見えず！　捜査員とトゥンも見当たりません」

『よく探したのか』一課長が椅子からがばっと立ち上がったのが、何故かわかった。

「探しました。脱出口など、これから確認します」

氷見は、工場内の様々なところから引きずり出される労働者たちに目を向けた。母国語でなにやら喚いている少年たち、その後を人目もはばからずにすすり泣きながら引き立てられる老人。後の男女は完全に表情を失い、諦めきったような無気力な歩調でそれに続く。

イヤホン越しに、追跡班に命令を下す一課長の声。『トカゲ』と呼ばれるオートバイの追跡班が捜索を開始する様子が、脳裏に浮かんだ。

氷見は、自分もトゥンたちを探しに外に駆け出したい衝動を必死で抑えていた。追跡は自分の役目ではない。どれだけやりたくても警察官は、自分に与えられた役目以外のことを〝してはならない〟のだ。

トゥンと真鍋、そしてダットやその仲間たちはどこに消えたのか。班員たちも焦った様子で床に這いつくばり、印刷機の間から人影や脱出口を探している。

残党探しを終えた班員が班長の前に立って報告する。

「これで全員です」

「全員あそこの壁際に並べて立たせろ」

おそらくは不法滞在の労働者たち――先ほどからずっと、恥も外聞もなく泣きじゃくる七十代後半と思しき、鶴《つる》のように痩せた老人、少年と言ってよいほどの若い労働者が四人、中年女性二人、先ほど班長が捕らえた男性。計八人の確保。全員が東南アジア系。

氷見は溜息を吐くと近くのオフセット印刷機に歩み寄り、その横に積み上げられた印刷物を手に取る。それは中国人コミュニティ向けのフリーペーパーで、紙面は、日本人が読まないことを前提として掲載された広告で溢れ返っていた。

昔習った中国語を思い出しながら拾い読みすると、個人売春や違法デリヘルと思しい一行広告。中には行政書士の広告で、『ビザ切れの方、氏名生年月日を書き換えて不法入国した方、それ以外の不法滞在や密入国の方、なりすましの方に朗報。当方で日本人や定住者もしくは永住資格者との結婚手続きを行います、または特別在留許可申請で〝綺麗な身体〟にします』などというものまで掲載されている。

氷見は、フリーペーパーを力任せに床に叩き付けると、大股《おおまた》で工場を後にした。

第八章　八月十二日　越石

円の死は自死と結論付けられた。

円が身に付けていたものは全て警察に持っていって調べられ、また遺体は司法解剖に回されて、身体の外側から内側まで損傷の詳細を調べられた。

遺体からは薬物使用の痕跡も発見されず、手や袖の硝煙反応、銃弾の射入口と射出口から導き出される発射角度、周囲に認められる煤《すす》および火薬の付着から、自分で側頭部に銃口を向けての自殺と断定された。熱傷性表皮剝脱《はくだつ》と創洞の方向から、皮膚に銃口を付けない至近射と推定される。

越石も家の隅から隅まで確認したが、盗られたものや侵入の形跡はないので、自死に見せかけた強盗殺人の線も消えた。

死体検案書が監察医から提出されると、遺体は遺族の元に返される。解剖や調べが早く済んだため、円の通夜と告別式は一週間ほどで行えることになった。

いくら調べてもわからないのは、円がニューナンブをいつ手に入れたのか、だった。何者かによって東京都内に無作為にばら撒かれているので、それが越石家の郵便受けに入っていたのだという推測は立つ。ならば拳銃が入っていた封筒があったはずだが処分されたようで、ゴミ箱を検めても見つからない。地区の可燃ゴミ収集が当日の朝だったこともあり、銃を手に入れたのが自死の前日だったのか、何週間も前なのか、見当がつかない。越石自身も家から離れがちで、夫婦のコミュニケーションも避けていたため、円の様子が最近どうだったのかすら、情けないがわからない。

いずれにしても、小さな子供のいる家にこんなものが保管されていたと考えると、背筋に寒気を覚える。

円の死から嵐のような一週間が過ぎた今、越石は、通夜が終わった斎場の告別ホールで一人、逆向きに腰掛けた椅子の背もたれに腕をのせ、ぽつんと座っていた。

付き合いのある親類は円にはおらず、懊悩《おうのう》した結果、義兄の雄一には知らせていない。顔を思い出すだけでも胸が張り裂けそうになるのだ。なので、弔問客は多くはなかった。そのほとんどは警察関係者で、多忙な中駆け付けてくれた仲間たちには感謝の気持ちでいっぱいだった。

まだ幼く、死というものを理解していない茉莉は「ママ、おきて」と、死に化粧を施された円の顔を覗き込んだり、どうして動かないのか不思議がったり、その場のただならぬ気配を感じて泣き出したりして周囲の涙を誘った。

茉莉と祐子、そして有休を取って通夜と葬儀の手伝いに駆け付けてくれた義弟は、斎場の奥に設けられた親族用待機室で眠りについている。

茉莉は、泣き疲れて眠りに落ちるまで、祐子にぎゅっとしがみついて離れなかった。越石には相変わらず、近づいてよいのかいけないのかはかりかねている様子で、時折悲しそうな目を見せていた。

葬儀が終わったら、茉莉は神戸の祐子たちの家で暮らすこととなった。確かに、それが最良の選択だと越石には思えた。

街の小さな斎場。一人きり、いや、円と二人きりになった今、本当の通夜を行っている気がした。

なあ円。本当に、逝《い》っちゃったんだな。

俺が逃げてばっかりだったから、行き詰まったんだよな。

俺がもっとマシな人間だったら、ちゃんと話し合えて、乗り越えられたんだよな。

気が付いたら、涙が溢れ出していた。ワイシャツの袖をまくり上げた腕でごしごしと瞼《まぶた》をぬぐい、深呼吸をして再び遺影に目を向ける。

その時、越石から見て左側、照明が落とされた正面出入口のガラス扉の外に、動きを感じた。見ると、黒いパンツスーツ姿の氷見が自動ドアの前に立ち、画面がオンになったスマートフォンをこちらに向けて振っている。

夜中近く、斎場の職員もとうに退出したこの時間帯は、自動ドアもオフになっており、入館カードがないと外から開けることが出来ない。

越石は立ち上がって正面出入口に歩み寄り、自動ドアを開けた。

「お疲れ様です。来てくれたんですか」

「もう来てるのに『来てくれたんですか』はないでしょ」いつもの調子で返した氷見は改まって越石に向き直ると目をじっと見つめながら、「大変だったね」と言い、バッグから香典袋を取り出した。

「手渡しで申し訳ないけど」

「あ、香典は辞退してますんで、お気持ちだけで結構です」越石が、明日の告別式のために受付に準備された芳名帳の横に置かれた、香典を辞退する旨を示す小さな立札を指差した。暗い上に小さいから、見えなくても仕方ないか。

香典を辞退した一番の理由は、参列者の多くが警察関係者で、現在進行中の事件群や他の捜査活動で寝る間もない中来てくれたところに金まで出させては申し訳ない、というものだった。越石が丁寧に断ると、『わかった。落ち着いたら、これでメシにでも行こう。それまではこのまま取っておくから』と言ってくれる者もいた。

氷見は祭壇に歩み寄ると焼香をして合掌し、長い間目を閉じて祈っていた。やがて上半身を起こすと、再び円の遺影と棺《ひつぎ》に一礼し、越石の元に戻る。

「朝から何も食べてないからお腹空《なかす》いた。あれ食べていい？」氷見が通夜振る舞いの寿司《すし》桶《おけ》を指差す。

「手つかずのがありますから、持ってきます」

越石は斎場の奥にあるキッチンスペースの冷蔵庫から、新しい寿司桶を持ってきた。色とりどりの握り寿司が三十貫ほどと、巻き寿司が二本分入っている。参列者が皆忙しいので食べていく時間がなく、余っていたうちの一つだ。

「ちょっと乾いているかもしれませんけど」

「全然構わない。いただきます」

割り箸を渡そうとしたが氷見は手で断り、醤油《しょうゆ》も使わずに手掴みで寿司を次々と口に入れていく。味わうというより、喉に直接放り込むような食べ方だった。

おしなべて警察官の食事は異常に速く、特に仕事中だと、署員食堂であれ店屋物や外食であれ、だいたい三分ほどで済ませてしまう。いつ呼び出しがかかるかわからないことと、目の前にあるタスクをさっさと片付ける習慣が身に付いているからだ。食事の場合、食べるというタスクを終えれば、それだけ仮眠などに時間を割くことが出来る。かくして『早寝早飯早グソ』は警察官の特技となる。

しかし氷見の場合はちょっと事情が違うようにも思えた。味覚がおかしい上に、食事という行為を〝ガソリンを入れる〟くらいにしか考えていないふしがある。

「醬油、使わないんですか？」

「使わない。面倒くさい」もごもごと氷見が答えた。

「回転寿司だと何皿くらい食うんです？」

「十五皿くらいかな。最高記録は三十三皿だけど」

「回転寿司じゃないお寿司屋さんだとじれったくて、しかも高くついて大変でしょう」

「回らない寿司は、寿司じゃないから」

まあ、そういう考え方もあるか。越石は異論を唱えず、寿司をむさぼる氷見から、安置された円に目を戻した。


寿司桶一つを空にしてようやくひと心地ついた氷見が、越石が注いだお茶を啜る。

「捜査、どうですか」

今は部外者である自分が訊くのもどうかと思いながら言うと、氷見はあっさりと答えた。

「真鍋のボケがトゥンと姿を消した」

「……何て言いました？」思わず耳を疑った。

「だから、あのボンクラが、トゥンと姿を消した。トゥンの仲間のベトナム人も全員、きれいに消えた」

「いつです？」

「昨日。それで朝から走り回ってたのよ」

そこで氷見は口を閉じ、思わず立ち上がった越石の顔を見つめる。その顔に浮かんだ頑固な表情を確認すると溜息を吐き、再び話し始めた。

「百四十挺の拳銃を奪ったのはトゥンの仲間たちで、そのうち何十挺かは売られていて、あとは都内にばら撒かれたというところまではわかった」

「トゥンはどこまで関わってるんですか？」

「わからない。話が曖昧すぎて」氷見が首を横に振る。「〝売り〟に関しては、自分の知らないところで、ダットっていうリーダーが話を進めていたって言ってる」

「そのダットって奴の所在は？」

「不明。トゥン、その名前以外は黙秘。自分から連絡を取らせろの一点張りで。ダットって名前も、西田さんに説得してもらってやっと聞き出せたのよ」

トゥンは日本語での供述を拒否し、ベトナム語の通訳人を通している。対日本人なら取調官が手腕を発揮して情報を引き出すのだが、通訳を通すと、会話の〝間〟を取ったり、言葉の細かな意味合いやニュアンスを掴んだり出来ず、難航する。

「今、その名前を頼りに、ベトナム人のＳＮＳで情報をかき集めてる。顔、もうすぐわかると思う」

「銃を都内にばら撒いたのはダットですか？」

「トゥンは、ダットや仲間たちがばら撒いたとは思えないと言ってる」

「根拠は？」

「売って金にするために手に入れたものを、ただで配り歩く理由がない」

「……まあ、そうでしょうね」

「そこで、トゥンを使って、仲間たちをあぶり出す作戦が立った。サツカンを一人、NPO団体の職員に仕立て上げるってやつ。技能実習生が事件事故に巻き込まれた時とかに法的サポートをする団体って設定だったら、トゥンが警察から出られた理由になるから」

それはおとり捜査にならないのかと越石は思ったが、すぐに打ち消した。

日本ではおとり捜査は定められていないが、『直接の被害者がいない薬物犯罪などの捜査、通常の捜査方法では摘発が困難な犯罪捜査、機会があれば犯罪を行う意思があると疑われる者を対象とした捜査』にあたる身分秘匿捜査は任意捜査として認められた最高裁判例がある。

「どうせ手柄欲しさだろうけど真鍋のボケが手を挙げて、トゥンに付くことになった。トゥンいわく、ダットが用心深くて、初対面の人にはプロ用の電子機器まで持ち出して盗聴器だの偽装CCDカメラだのをチェックするらしいから、〝道具〟なしで、手帳もポリスモードも置いて、目視と個人スマホのGPSで追う方法」

「奴らのアジトの住所は？」

「トゥンが知っているどのアジトも、空っぽになってた。で、トゥンが真鍋のスマホからダットに電話して、合流することになったのよ」

氷見は込み上げる怒りを抑えるような低い声で、この大失態の経緯を説明した。

「真鍋のスマホはそこから追えなかったんですか？」

「スマホは一階の警備員室にあった。二階にさえ上がってないかもよ、あの二人」

「逃げたんですかね、それとも……」

「拉致されたか。その線をメインに今、探し中」

「その場にいた連中は？」

「雑魚ばかり。自分たちの正確な雇用者も知らない奴ら。自称マフィアのメンバーってのも何人かいたけど、タトゥーも入ってない。起訴するにしても、入管法違反がせいぜい。入管に嫌味言われたよ。『ややこしい仕事を増やすな』って」

「そうですか……」

越石は床に目を落とした。動きたくても動けないのがもどかしい。特別捜査本部の大騒ぎと、幹部たちが責任をなすり付け合う様子が手に取るようにわかる。

「それはそうと」氷見が背筋を伸ばす。「茉莉ちゃん、どうするの？」

「神戸の妹夫婦に預かってもらいます」

「今はそれしかないかもね。いずれ引き取るんでしょ？」

「いずれ……は」

絞り出すように言った時、また正面出入口のガラス扉の向こうに人影が見えた。

「誰かな、こんな時間に」扉を開けるために立ち上がる。ガラス越しに見えるのは、喪服《もふく》を着た二人連れだった。

「警察《カイシャ》の人間かな」氷見も立ち上がった。

「いいえ、近所の人です」向こうから口の動きを読まれないように氷見に顔を向ける。「円の、第一発見者です」

内側からドアを開けると、赤城智恵子とその夫が頭を下げた。

「夜分に失礼します。このたびは……」

智恵子の夫とありきたりの挨拶が交わされ、氷見の時と同じように香典は辞退し、二人に焼香してもらう。

心配なのは、智恵子の憔悴ぶりだった。一週間で明らかにやつれている。それだけ円と親しくしてくれていたのかと思うと、また目の周りが熱くなってきた。

焼香を終えた二人は、挨拶をすると斎場を出る。あまり通夜や葬式に慣れていないのか、夫からも、どこかぎくしゃくした印象を受けた。

「何かあったの？　あの夫婦と」二人の後ろ姿を見つめていた氷見が訊く。

「いえ、何も」

「越石と目も合わせなかったじゃない」

「普通、喪主とがっつり目を合わせる弔問客なんていないと思いますけど」

「言っちゃ悪いけど、おどおどしてなかった？」

「そうですかね……」二人越しに円の遺影を見つめていたので、そこまでは気が付かなかった。

「気になるけど、ま、そういうもんなのかな」氷見がバッグを抱える。「ともかく、あたしもそろそろ帰る」

「わざわざお越しいただいて有難うございました」

越石がお辞儀をすると氷見もきっちりと腰を折ってお辞儀をし、円の遺影に向き直って最後に一度深々と頭を下げると、斎場から急ぎ足で出て行った。

第九章　一日前　八月十一日　トゥン

真鍋のスマートフォンを通してダットからナビゲートしてもらった先は、荒川区の印刷工場だった。今まで来たことのない場所だ。

降り出した雨から逃げるように正面出入口に飛び込み、小さなエレベーターホールでひと息つく。エアコンは切られており、むっとした空気が二人を包んだ。

階段の陰からダットが、ホールの隅にある小さな警備員室からズンが姿を現す。

トゥンが話し掛けようとしたがダットに掌で制された。正面出入口を施錠したダットは人差し指を唇に当て「喋るな」と合図すると、高さ十センチ強、幅五センチ弱、厚さは一センチもない機器を取り出した。小型の盗聴器発見機で、盗聴器だけでなく、光学フィルターで盗撮カメラをオンオフ関係なく検知したり、磁力検出機能によりGPS発信機も高精度で検出したり出来るものだ。

これで真鍋とトゥンの全身を確認し、真鍋がスマートフォン一台しか持っていないことを確認すると、ズンがそれを取り上げて警備員室の中に置いた。

ダットが顎で真鍋を差し、眉を上げる。

「さっき電話で話した、NPOの人だ。一時的な身元引受人になって、おれを警察から出してくれた」警察で言われた通りのことを言う。仲間を騙すことに良心が痛むが、少しでも拳銃を回収するためにはこうするしかない。

トゥンのことなどこれっぽっちも信じていないが、疑うに足りるだけの材料がないのか、ダットは刺すような眼差《まなざ》しを真鍋に向けたまま、「付いて来い」と歩き出す。

正面玄関を施錠したズンが真鍋の後ろに付き、妙な動きを見せないか警戒していた。当の真鍋は緊張にやや強張った顔で、ゆっくりとした歩調で歩き出す。

上階に行くのかと思っていたら、ダットはエレベーターを通り越し、ビルの裏口から外に出た。雨はますます激しくなり、無言のまま早足で歩く男たちを頭から濡らす。

ダットに続いて路地を抜けると、ハイエースが待っていた。この間のとは別のハイエース。この車種は発展途上国を中心に海外で飛ぶように売れるので、ダットの元には常時、盗難されて持ち込まれたハイエースが数台ある。

行き先は千葉の車両解体ヤードだな——トゥンは思った。

ダットがサイドドアを開き、「乗れ」と合図をする。

「ええと、どこに行くのかな」真鍋が不安げにダットに訊ねる。

ダットは真鍋を完全に無視し、再び頭を車の方に傾けて合図をする。真鍋やトゥンが急に逃げ出そうとしてもすぐ取り押さえられるよう、ダットとズンが二人を挟んでいる。

「大丈夫ですから。乗りましょう。雨で濡れます」トゥンはそう言うと、ハイエースに乗り込んだ。渋々といった様子で真鍋が続く。

運転席にはズィの姿があった。声を掛ける間もなく後ろから押され、二列目の三人掛けシートの一番右側にトゥンが、その横に真鍋が座らされ、ダットが左端に腰掛けるとサイドドアを閉めた。片側サイドドアなので、こうするとトゥンと真鍋は逃げることが出来ない。

ズンが助手席に乗り込み、ハイエースが動き出した。

「ねえ、どこに行くのかくらい教えてよ」びしょ濡れになった真鍋が再び訊ねる。

ダットは無視したまま、ズイに道順の指示を出す。所在がわかっているNシステムを避けるルートで、有料道路に乗れと言っている。

「ねえ、何て言ってるの？」真鍋が、今度はトゥンに向き直る。

「大丈夫です。落ち着いて」

「この人がリーダーだよね？」

「そうです」

「他に何人いるの？」

その時、ダットがこちらを向いて言った。「トゥン、そいつを黙らせろ」警戒心と苛立ちを抑えきれない、その目付き。

「喋るなって言ってます。着くまでおとなしくしていましょう。行き先は心当たりがあります。危ないところじゃないですから」

真鍋が口を閉じた。真鍋がさっき言った『他に何人いるの？』で思い出したことがあった。「撃たれたティンはどうなった？」

「お前のせいで怪我をしたティンならあのジジイ医者のところから退院して、おれたちのところに戻って来てる」

「マイとスアンは？」

「なあ、頼むからお前も黙っていてくれないか」

居心地は悪いが、仲間たちと同じ空間にいることがある種の安心感ももたらすような妙な時間が過ぎ、ハイエースは、トゥンが思った通り、千葉のヤードに到着した。雨はすっかり上がっている。

「降りろ」

サイドドアを開け、車を降りたダットが言う。不安感と警戒心が混ざった表情で、降車をためらっている真鍋。トゥンはその肩を軽く押すと「大丈夫ですよ。よく知っているところですから。降りましょう」と促した。

ダットが歩き出し、トゥンも後を追う。真鍋は無理矢理トゥンの歩調に合わせると、背中にぴったりと身体を引っ付けるようにして付いてくる。不安なのはわかるが、正直、気持ちが悪い。

開け放たれた鋼鉄の大扉をくぐり、解体工場に入った。隅にある鉄の階段を上ると、工場全体を見渡せるプレハブの事務所があり、そこに通される。

事務所には、マイとスアンが既にいた。よく見ると奥の商談スペースのソファにティンもいる。身体中に包帯を巻かれており、ギプスや弾性包帯でいろいろなところを固定されている。

「ティン、大丈夫か」思わず声に出して訊いた。

「トゥン、お前に心配されたくないよ」

「痛いだろう」

「痛み止めを飲んでいるからそれほどでもないけど、暑い」

後を追って入って来たズイとズンが事務所のドアを閉め、エアコンを最強にする。

「お前、NPO法人だってな」ダットが立ったまま、日本語で真鍋に言った。

「なんだ、日本語わかるのか」真鍋がほっとした顔になる。

「どうしてトゥンを警察から出した？」

「君たちを助けようと思って。うちの団体は、犯罪に巻き込まれたり、被害に遭ったりした技能実習生を助ける団体なんだ。君たちのために出来ることがあると思う」

「どうして、助ける？」

「どうしてって……そりゃ仕事だから」

「名刺」ダットが手を差し出した。

真鍋はポケットから名刺入れを出し、一枚抜き出して渡す。

「同じの、十枚」

真鍋は小さく溜息を吐くと、同じ名刺を一束抜き出した。前もって警察が用意していたものだ。細かいところまで気が付くな——変なところでトゥンは感心した。

名刺をためつすがめつし、仲間たちと一緒にいろいろ確認して納得したらしいダットが、名刺の束を真鍋に返す。

「で、何が出来る？」

「その前に、君たちが何をしているのか教えてくれないか。正確なところを知らないと、きちんとした援助……ええと、ちゃんと助けることが出来ない」

沈黙が降りた。年代物のエアコンが立てる音の中、ダットが一生懸命頭を働かせているのがわかる。

やがて心を決めたらしく、ダットは顔を上げると真鍋に言い放った。

「助けはいらない。帰ってくれ」

「そんなこと言われても、はいそうですかって帰れるわけないでしょ。おれたち、もう友達同士なんだから腹を割って……ええと、つまり、隠しごとはなしにしようよ。フレンズ、ノーシークレット、オーケー?」

「友達は、自分が友達なんて言わない」

「ベトナムじゃそうかもしれないけどさ、ここ日本だから」

だんだん真鍋の口調が調子の良いものになってきたなとトゥンは感じた。自分のペースに巻き込もうとしている。

「しつこい。帰れ」

聞く耳を持たないダットの肩に手をかけ、真鍋は部屋の奥に顔を向けた。

「いろいろ話し辛いんならさ、二人だけで話そうよ。奥、個室なんだろ? あそことか」

真鍋の視線の先には、『社長室』のプレートが貼られた合板のドア。

納得のいかない表情のダットはしかし、真鍋に促されるがまま社長室に入っていった。

残されたトゥン、ティン、マイ、スアン、ズン、ズイは非常に気まずい空気の中、仕方なく待つ。

「座るよ」トゥンはそう言うと、手近なスチール椅子に腰を掛ける。ズンだけが立ったまま、ティンが逃げないようドアの前から動かない。

ここに、ミンとロンがいない。ミンは昭和島で、ロンは江戸川区で命を落とした。

おれのせいか——視線が床に落ちる。

「誰か、教えてくれ」言葉が勝手に口から出てきた。「ロンの遺体、どうなった?」

顔を上げると、皆の表情が強張っているのがわかった。スアンが最初に口を開きかけたが、ためらった挙句、その口を閉じた。

「出来ればきちんと弔って故郷に埋めてやりたかったが」ズイが話し出した。掌を開いて、周囲の咎めるような視線を収めさせる。「……溶かすしかなかった。暑い時期だから遺体も傷むし……」

聞くと、ここの大型の部品洗浄槽で苛性《かせい》ソーダを使って遺体を溶かし、残った骨は粉々にして外房の海に撒いたという。

近年、中国系企業が都内で買い漁《あさ》っている火葬場のしかるべきところに持って行き、三百万から四百万円ほどで『焼き切り』を依頼すれば、骨を残さない高温で焼いてくれる。しかし今は、どんな中国人や中国系企業とも連絡を取ってはいけないという、ダットの厳命があった。

「故郷に埋めてやりたかった」独り言のように、ズイが繰り返した。

その後はわだかまりが少し解け、ぽつぽつとではあるが会話が続いた。トゥンの知っていること、知らないこと、いろいろ聞いているうちに、何もかもが以前に戻ったような錯覚を起こす。

強奪した拳銃は、ダットの伝手《つて》で中国マフィアに売ることになっていた。彼ら自身が使用するのではなく、転売目的で投資として大量購入するつもりだったようだ。

トゥンは直接関与していないが、ここにいる何人かと、ダットが雇った半グレ数名という組み合わせで強奪した警察拳銃が百四十挺。そのうち、まず中国マフィアに売ったのが五十挺。

金額は一挺あたり二十万円。それだけでなく、弾丸も五発装塡されている。裏社界での拳銃の値段は『口径×二万』が相場で、38口径なら、七十六万が本体の適正価格。

弾丸は、日本の裏社会では一発一万円強で売買されることが多い。なのでダットの売値は破格もいいところなのだが、ダットたちの本国の家族の所在をたちまち調べ上げた中国マフィアの、恫喝《どうかつ》も交えた強烈な値切り交渉を押し返せなかったのだ。

そしてトゥンは、ダットの手元に残った九十挺のうち、六十挺を持ち出して東京中に撒いた。

今さらながら、とんでもないことをしてしまった——変わらず続いている神経性の下痢が腹の奥で存在感を主張し始める。以前世話になった西田が、事情を全部飲み込んだ上で警察と掛け合ってくれることになった時にはほっとしたものだったが、冷静に考えると、警察が動いたところで好転するような甘い事態でもない。

その九十挺のうち八十挺も買い受ける予定だった中国マフィアは激怒した。ダットたちが詫《わ》びを入れたところで許してはもらえず、八十挺を約束通り売るか、既に前金として払った金額の五倍相当の金を、違約金として払えと追い詰められている。

社長室のドアの向こうから、怒鳴り声が聞こえた。

「ふざけるな！　騙しやがって！」激高した、ダットの声。

「おい、どうしたんだ？」

ズイが慌ててドアに駆け寄った時、社長室から乾いた銃声が二発響いた。

怪我をしているティン以外の全員が立ち上がる。が、どうしてよいのかわからない。

やがてドアが開き、銃を手にしたダットが半分ふらつきながら姿を現した。

「トゥン、もう限界だ。お前がいると何もかもが台無しになる」

開ききったドアの向こう、床に倒れた真鍋の身体が見えた。

「あいつ、おまわりじゃねえか。しかも質の悪い方だ」

ダットはスチールデスクに寄りかかると、天板に手を突いた。

「下らねえ取引を持ちかけてきやがった。『お前を見逃して、国外に出られるよう計らうから、仲間のことや知っていることを全部話せ』だとよ。警察がそう言ってるのかって訊いたら、『おれとお前だけの話だ』だってよ。てめえの手柄しか考えてない、クソおまわりが」

みるみるうちにダットの顔が汗に濡れ、シャツに汗染みが広がる。現職の警察官を殺してしまったのだ。日本の刑罰は甘いが、それでも警官殺しは凄《すさ》まじく重い罪に違いない。

しかも、その場から逃げるために無我夢中だった昭和島での銃撃戦とは違い、今回は『殺す』という意図を持って撃ったのだ。

ダットが銃のハンマーを起こすと、その場の全員が、凍り付いた。

「お前が何を考えているのか、何をしようとしているのかはもう知ったこっちゃない。ともかく、おれたちをどんどん深みに引きずり込んでいるのは確かなんだよ」

銃口を上げる。

「じゃあな、トゥン」

銃声が三発。同時に、身体中のあちこちに熱い何かが突き刺さる。

運が悪かった。おれだけじゃなく、こいつらの運も悪かった。

でもおれたち全員は自分の意思で日本に来ていて、決して故郷で拉致されて連行されてきたわけではない。

ただ、運が悪く、来る場所を間違えただけだ。

暗転する視界。急速に遠のく意識の中でトゥンが最後に感じたのは、恐怖でも悲しみでもなく、安堵《あんど》だった。

運に見放されたこのクソみたいな人生から、やっと解放される。

第十章　八月十六日　越石

新横浜駅のプラットフォームに、東海道新幹線の発車ベルが響く。

新神戸駅に向かう、のぞみ21号。

越石に促され、秋野巡査はぎゅっと抱きしめていた茉莉を放すと、祐子の手を握らせる。

「茉莉ちゃん、また会おうね。元気でね」

秋野の言葉の最後は、涙混じりの震え声になっていた。

メロディと共にホームドアが閉まり、新幹線がゆっくりと動き出す。

乗車し、座席に向かって通路を歩く茉莉と妹夫婦。

窓越しに、茉莉と目が合った。ためらいがちにこちらに手を振る茉莉を見ていると、胸が締め付けられた。何かとてつもなく重要なことがあるのに、それが何なのかもどこにあるのかもわからない、焦燥感。

越石の目を見つめながら『大丈夫』と頷いてみせる祐子と、軽く会釈をする夫。

手を振り続ける茉莉。やがて気持ちを抑えきれなくなったのか、その顔が泣きそうに歪む。

越石は、胸に矢が刺さるような痛みを覚えた。

茉莉の存在が怖いから、その哀《かな》しげな目で見られるのが怖いから、遠ざけようとしたのは俺だ。

本当にいいのか？　これで。

新幹線のスピードが上がる。

新幹線が見えなくなるまで見送る。

たまらなくなった越石は、嗚咽《おえつ》をこらえる秋野をプラットフォームに置き去りにして階段を駆け下りると、駅のトイレに駆け込んだ。

手洗い場に屈みこみ、蛇口から出る水を乱暴に顔に叩き付ける。

顔を上げると、土気色の顔をした男が鏡の中から、血走った目でこちらを見返している。

「ちくしょう」

荒い息で、そう吐き出すと、隣で手を洗おうとしていたサラリーマンが気味悪そうに手を引っ込め、足早にトイレから出て行った。

再び蛇口の前に手をかざし、掌にたっぷりと水を溜めると、何度も何度も顔を洗う。起き直ると、上半身がぐらついた。単なる立ちくらみだ。そうに違いない。

またしばらく鏡の中を見つめているうちに、緩めた状態で首にかかっているネクタイが、絞首ロープのように見えてきた。いまやがくがくと震え始めた手で、むしり取るように外す。外した後も手にまとわりつくそのネクタイを振り払うように、背後のゴミ箱に放り込む。スーツの上着も引き裂くように脱ぎ、罵声と共に、力いっぱいゴミ箱に叩き込んだ。

　トイレを出ると、心配顔の秋野が待っていた。

「大丈夫ですか？　越石さん」

「……ああ、大丈夫だ」ひと呼吸し、秋野と歩き出す。

「上着、どうされたんですか？」

「あれは、もういらない」処分しておかなければ、あの上着を見るたびに今日のことを思い出してしまう。

「それはそうと、非番の日に付き合わせて、すまなかった」

「いえ、無理を言って付いてきたのは私ですから」

「茉莉もきっと喜んでいたと思う。有難う」

「だったらいいんですけど……越石さん、車ですか？」

「いや、電車だ」

「私の先輩が車で迎えに来てくれているんですけど、よかったら都内まで乗っていきませんか？」

「いいのか？　助かるよ」

　駅の外に出た秋野がスマートフォンで誰かに電話を掛けると、数分後に、ベージュのムーヴキャンバスがロータリーに入ってきた。

「あれです」ハザードを点けて停車したムーヴキャンバスに向かって秋野が足早に歩く。越石も後に続いた。

「越石さんは前に乗って下さい」後部座席に乗り込みながら秋野が言った。

越石はそれに従い、助手席側のドアを開ける。

運転席にいるのは、三十がらみの女性。面識はないが、いかにも女性警察官といった物腰で「お疲れ様です」と会釈をする。越石も「よろしくお願いします」と頭を下げながら助手席に収まった。

女性は、吉川靖子《よしかわやすこ》と名乗った。どこかで聞いたことのある名前だが、思い出せない。

吉川の所属は、築地《つきじ》署の地域課。階級は、越石と同じ巡査部長。警察学校を出た秋野が最初に配属された築地署で指導員を務めた警察官で、秋野とは馬が合ったらしく、今でも非番が重なる時には二人でランチに行ったりするとのことだった。

秋野のために車を出してくれるというところでも、二人の親密さが感じられる。築地から横浜であれば『私事旅行届』は不要ではあるが、それでも警察官が管轄外で交通事故を起こしたら一般人よりもはるかに大変なことになるので、隣の県とはいえ車を出すのはそれなりに覚悟がいることなのだ。

うらやましい。越石は素直にそう思った。越石が新人だった時の指導員は、とにかくガサツで乱暴な上司で、勤務中は怒鳴られ、殴られ、日勤であろうが当直であろうが勤務が明けると飲みに連れ出され、勘定は全て越石が払わされるという日々を過ごしたものだった。あの上司の顔は一生見たくない。

「奥様、大変ご愁傷様でした」

環状2号線を走りながら、吉川が気の毒そうな表情で言った。

「恐れ入ります」越石は軽く頭を下げる。

「茉莉ちゃん、神戸に行かれると伺いました。私が言うのもなんですが、環境を変えるのは良いことかもしれませんね」

秋野はどこまで喋ったのだろうか。さりげなく後部座席に視線を送ると、秋野が意味ありげに頷いた。どういうことだろう。

「妹さんご夫婦、『東京都内は怖い』って新横浜のホテルに泊まられていたそうですね。他県の方が今の都内を避けたい気持ちはわかります」

「……誰から聞いたんですか？」

気味が悪くなってきた。

「私たち、氷見さんにはお世話になっていまして」

うっすら笑みを浮かべた吉川が答える。その表情が、氷見の邪悪なそれと重なった気がした。

「越石さんは氷見さんの相棒ですし、氷見さんに気に入られているみたいなので言うんですけど」後部座席の秋野が口を挟む。「氷見さん率いる〝女子会〟の情報網、すごいんですよ。各事件の捜査進捗とか、人事情報とか、どの署の誰がどのキャバ嬢に入れあげてるかとか、締めのラーメンをどの店で食べたかとかまで何もかもわかるんです。巨大なデータベースだと思ってください」

もしかしてこれが、氷見の情報源か――。

「情報交換だけじゃなく、女子同士の助け合いもあるんですよ。氷見さん得意の〝お仕置き〟とかも」

その時、吉川が誰だったかを思い出した。

数年前、しつこく言い寄ってきた上司をはね付けたところ、その上司から酷いパワハラを受けるようになり、ストレス性の脱毛や失神にまで追い込まれたという女性警察官。警察内でのパワハラはよくあることなのだが、この件は警察官の間で語り継がれている。その後の出来事にインパクトがあったせいだ。上司はしばらくしてから異常に周囲を警戒するようになり、終始おどおど、びくびくと何かに怯える様子を見せ始めた。理由を訊いても答えず、最終的に精神を病んで依願退職をすると、夜逃げのようにどこかに引っ越してしまった。その男が今どこで何をしているのか、誰も知らない。

氷見のうすら笑いがまた脳裏に浮かび、背筋が寒くなる。

「まあ、そういうことです。あと、越石さんだから、親切心で助言するんですが」

赤信号で車を止めた吉川が、越石に顔を向ける。

「もし、この話を〝男子〟に漏らしたり、それから、越石さんのせいで氷見さんの身に何かあったりしたら——」

吉川が目を細めた。

「——警視庁管内の女性警察官《ジョケイ》全員を、敵に回すことになりますよ」


その日の夜。

茉莉の服や玩具、身の回り品などを神戸に送るべく段ボール箱に箱詰めをしている時、インターホンが鳴った。

組み立てられた段ボール箱や、まだ組み立て前のものがそこら中に散乱する間を縫うように歩き、壁に取り付けられたインターホンの通話ボタンを押してモニターを点ける。

階下の正面出入口前に立っているのは、氷見だった。

「入れて」越石が口を開く前に氷見が言った。

開錠ボタンを押すと自動ドアが開き、氷見がロビーに入っていくところが見えた。

玄関のドアを半開きにして待っていると、奥のエレベーターの扉が開き、氷見が廊下に出てきた。軽く越石に手を振り、歩いてくる。

「どうしたんですか？　こんな時間——」

「上がっていい?」越石が言い終わるのを待たず、氷見は靴を脱ぎ捨てると部屋に上がりこんだ。

「今散らかってますが――」

「見りゃわかるよ。どこに座ったらいい?」

「どこでも、好きなところに」

段ボールや衣類を跨ぎ越し、ソファにたどり着いた氷見はそこに腰掛けた。

昼間、吉川と秋野からあんな話を聞いたのでやや緊張するが、目の前にいるのはいつもの氷見だった。ただし、だいぶ酔っている。

「結構飲んできました?」

「飲んだ。お水くれる?」

キッチンに行き、冷たい水の入ったグラスを手にリビングルームに戻る。喉を鳴らして美味しそうに水を飲み干した氷見は、自分の隣をぱんぱんと掌で叩き、言った。

「あんたも座りなさい」

言われる通り氷見の隣に座った越石が、「で、どうされました?」と訊いた。

「どうもこうも、可愛い後輩が大変なことになってるから陣中見舞いに来たんじゃないの」

「それはどうも。位牌《いはい》とお骨《こつ》は隣の部屋なので、もしよかったら線香を――」

「まずは生きてる人の方が気になる。こっち向きなさい」氷見が越石の顎を掴み、自分に向かせた。「無精ひげ、目の下の隈《くま》。あと、ちょっと痩せたでしょ」

「言われてみれば、腹は引っ込みましたね」

「茉莉ちゃん、最近どんな様子？」越石の顎に手を掛けたまま、氷見が問う。

「……うちの妹夫婦には懐いているのでだいぶ落ち着きましたが……時々『ママにあいたい』とか『ひとりにして』とかぐずるそうです」

「その『ひとりにして』の時はどうしてるの？」

「そりゃ、心配ですから妹に付いていてもらって――」

「それは駄目だよ」氷見が断言した。「子供にも、本当に独りになりたい時があるのよ。ママじゃない人が傍《そば》にいると余計に辛い、そういう時が。そんな時に横にいるのって、ただでさえ抱えきれない感情に押し潰されかけている子供の心に、更に荷物を載せるという、迷惑極まりない行為」

「でも氷見さんは――」

「『子供がいないから』って言うんでしょ。でもね、親になったことがないから、親の視点っていうバイアスがかかってないから、かえって自分が子供の頃の気持ちを正確に思い出せるの」

「……」

「親ってさ、子供にかけがえのないものを与えてくれるけど、時としてとんでもなく余計なこともするのよ」

「じゃあ、俺はどうすれば――」

越石の左頬が鳴った。氷見が力いっぱいビンタをしたのだ。

驚いて見返す越石の口を、氷見の唇が塞ぐ。

押し戻そうとする越石に構わず、氷見は越石の頭を抱え込むようにして舌を口の中に押し込んできた。

目の前が真っ白になり、急激な怒張を感じる。

今度は越石が氷見をソファに押し倒し、のしかかっていった。

ソファの上で、そして床の上で交わった後、いつの間にか全裸になった氷見の胸に顔を埋《うず》め、泣きながら全てを告白する。円と義兄とのこと、その後冷え切った夫婦関係のこと、茉莉に怯えるようになったこと――。

氷見は越石の髪を愛《いと》しげに撫でながら、黙って聞いていた。

話しているうちに眠ってしまったらしい。服を着た氷見が出て行き、そっとドアを閉める音で目が覚めた。

冷静になった頭を振りながら、後悔する。円の四十九日も終わらないうちに、こんなことになってしまった。しかも、これまで誰にも話さなかった家庭の秘密まですっかり話してしまった。

円の位牌と遺骨にどう詫びればいいのか。

第十一章　八月十八日　越石

ＪＲ茂原《もばら》駅前のロータリーに降り立ち、ずりおちそうになったスラックスを上げた。食欲がなく、脂肪が落ちたのでベルトが少し緩くなっている。久しぶりにポケットに入れた警察手帳の重みが、その存在感を主張しているような気がした。

周囲を見渡す。スーパーマーケットや居酒屋の入ったビル、進学塾などが建ち並んでおり、学校の授業を終えた小学校高学年くらいの子供たちが、塾のビルに吸い込まれていく。

それを見ていて、もやもやした気分になった。入学試験というものは、それを楽々クリアするレベルの学力を持つ子供を選抜するためのものなのに、無理矢理詰め込み教育をして本来そのレベルでない子供を入学させるのは馬鹿の極みではないか。中卒や高卒で社会に出ていろんな世界でキャリアを積む方がよほど建設的で、労働力の減少にも歯止めをかけられる。だいたい、大学というものの価値がこれだけ下がった中、馬鹿ガキが四年間遊び暮らすために親が無理をして学費を捻出《ねんしゅつ》する必要などなく、老後に向けて貯金をする方が、将来的に子供にかける負担も少なくなる。

もやもやを通り越していらいらし始めた気持ちを抑える努力をしながら、タクシーから降りる客の邪魔にならないよう少し移動した時、氷見がハンドルを握るマークXがロータリーに入ってきた。

ロータリーの端に停まってハザードを点けたマークXに、小走りで向かう。これだけでまた汗が噴き出してきた。

「お疲れ様です」と言いながら助手席に滑り込む。後部座席には西田が座っているので西田とも挨拶を交わした。

「どうしたんですか？　こんなところまで呼び出して」

「ベトナム人の立ち回り先、こっちにもあるって西田さんに教えてもらった。あ、これ、ダット」

氷見が、越石にポリスモードの画面を見せる。髪をクルーカットにした、目付きの鋭い痩せ型の男の正面写真と、どこかの庭先で脇差のような刃物をもってポーズを取っている写真。

「SNSで見付けた画像と、そこの書き込みから割り出して入管から提供してもらった写真。ホアン・ティエン・ダット。二十八歳」

西田が言葉を引き継ぐ。

「こちらも伝手を動員して調べてみたら、ダットの知り合いがやっている車の解体工場がこっちにあって、盗難車の密輸出もするっていう情報が入ってきたんです。Zaloで『千葉で盗難車を売りたいんだけどいいところを知らないか』って訊いてみたら、真っ先にそこが出てきました」

「なるほど。見に行く価値はありそうですね」氷見を向く。「特五は出ますか?」

「管理官に言ったけど、確証がないと動かせないって」

「確証って……それを掴むために、氷見さんと西田さんだけで動いてるんですか? 新しい相棒もなしで」

「病んで抜けるサツカンが増えて、壊滅的に人員不足なのよ。他の事件や通常勤務もあるし。おかげであたしもオーバーワークでパンク寸前」

越石は後部座席の方に少し頭を傾けて、『部外者の前でそこまで言っていいんですか?』と目で合図を送る。

「あ、西田さんならいいのよ。ここに来るまでの間、ずっと愚痴ってたから、あたし」

ならいいかと思い改めて氷見の顔を見ると、メイクで隠しきれない隈が目の下に浮かんでいた。もちろん、先日のマンションの件はおくびにも出していない。

西田はと見るとこちらも憔悴した様子で、髪が乱れて無精ひげが生えている。付き合いのいい人だ、と越石は妙な感心をした。

「だから、休暇中の越石を〝小旅行〟に誘ったのよ」

納得した。そして、有難い。

「氷見さん、運転代わりますよ」

「いい。助手席に座ったら寝ちゃうから」

「特五はもういいとして、千葉県警のＡＲＴ（Assault and Rescue Team、突入救助班）は？」

「あそこは人質立てこもり事件専門」

「とは言ってもこの事態に……」

「言ったよ、もちろん。そしたら『東京のことは東京で片付けろ』だってさ。まったくもう」と文句を言いながら氷見がハザードを消し、パーキングブレーキを解除した。

「行きましょう」


十分ほど内陸に入る。舗装道路がいつしか細い山道に代わった。

自然に囲まれているわりには風情のない、どことなく雑な印象を受ける森の中をマークXが走る。

やがてカーナビが、「この先、左方向です」と伝えた。

陽が沈みかけ、暗くなった森の中、ヘッドライトをハイビームにして、二本に分岐する道路の左側に入る。なだらかなカーブを何度か過ぎると、突き当たりに広い敷地が見えてきた。その奥には廃工場風の建物のシルエット。これが、ダットの知り合いが経営する、不法ヤードと呼ばれる盗難車不法輸出のための自動車解体工場だ。

ヘッドライトを消し、敷地に入ってすぐのところにある錆《さ》びた廃鉄の山をゆっくりと回り込んで裏側まで来ると、外の道路から見た印象よりはるかに面積のある車両置き場になっていた。

ますます暗くなってきた中で目を凝らすと、元は車だったらしい直方体の鉄塊が幾つも見え隠れする。

西田が問わず語りに話し始める。「海上コンテナに載せやすいように、パーツごとにバラしてコンパクトに纏《まと》めているんです」

確かにそれらの鉄塊はスクラップではなく、ボディやドアやルーフがサンドイッチのように几帳面《きちょうめん》に重ねられ、工業用の太いゴムのロープで留められている。

「ああやっておくとコンテナに三台入ります」西田が続けた。

「ここに来る車は全部解体されるんですか？」

「僕もあまり知りませんが、まんま輸出するのも多いと思います。車のコンディションと、その時の需要に合わせて」

「解体した方が、売り手にとって安全なんじゃないですか？　俺なら、自分が盗んで売った車がそのまま公道を走っているのは不安で仕方ないですね」

「ここに車を売るような連中は、金を受け取ったらみな忘れちゃいます。盗ってきた車が東南アジアに流れようが、バラされたパーツがアフリカの紛争地帯で使われようが、塗装を直されて新しいナンバーを付けられてそこらで使われようが、気にしません」

鉄塊の陰、建物から死角になる位置にマークXを停めた氷見が、「見てくる」と車を降りようとした。

「いや、俺が行きます」

越石が止める。民間人の西田に付くのが休暇中の警察官だと、まずい。

「僕も行きます。言葉の問題もあるし」

越石と氷見が互いの顔を見た。確かにそうだ。日本語か英語で会話はある程度成立するかもしれないが、彼ら同士で話している内容がわかる者がいた方が良い。

「では三人で」

車から降り、ドアが大きな音を立てないようそっと閉めた三人は建物へと向かう。背後で氷見が銃のスライドを引く金属音が聞こえた。

陽は完全に落ちており、外壁に取り付けられたウォールライトの蛍光灯が寂寥《せきりよう》感を醸し出している。そのぼんやりした灯の輪を避けながら、建物の入り口を探す。

巨大なシャッターに取り付けられた鉄扉があった。慎重に開けて中に入る。

解体工場は広く、照明が落とされているためよく見えない。ところどころ常夜灯が灯されているが、頼りないことこの上ない。

入って右上に設置されているプレハブの事務所の窓から、薄いカーテン越しに漏れ出てくる蛍光灯の光。越石が氷見と西田を振り返り、指で『西田さんと自分とで上がる』と合図を送る。

すぐ後ろにいる西田が頷いた。しんがりの氷見はと見ると、工場の一画、常夜灯の一つに照らされたところを見つめている。見ているというより、厳しい顔で睨みつけている。その視線の先には、車の部品を洗浄するものなのか、大きめのバスタブのようなものがあり、ウエスか毛布か、布がその横に乱雑に置かれていた。

すぐに視線を戻した氷見に『ここにいて下さい』と合図をし、足音を立てないようにスチール階段を上がる。

上がりきったところにアルミのドアがあり、嵌めこまれたすりガラス越しに姿を見られないよう身を屈め、耳をすませて中の様子を窺う。

事務所の中からは、ベトナム語の会話が漏れてくる。

しまった、銃がない。越石は今になってそれを思い出した。氷見のものを借りるわけにもいかない。

まあないものは仕方ない。覚悟を決めた越石は心の中でカウントダウンをし、ゼロで立ち上がるとアルミのドアを思い切り押し開ける。

「訊きたいことがある。全員立て」開き切った反動で跳ね戻ってくるドアを右手で止めながら、ガサ入れの要領で声を上げ、その場の全員に目を遣った。

大慌てで立ち上がったのは、二十代前半から半ばあたりと思われるベトナム人たち。立ち上がろうとしてもがいている包帯だらけの怪我人も一人いる。

怪我人も入れて男が三人、女が一人。

男のうち二人はすぐにわかった。一人はダット、もう一人はポリスモードで何度も見た顔で、昭和島で命を落としたミンの相棒、ズイ。

「これで全員か？」

越石が訊ねると、ベトナム人たちは視線を越石に据えたままベトナム語で喋り始めた。

越石は彼らに顔を向けたまま、西田を手招きで呼ぶ。

「何て言ってます？」

「ええと……」

西田が顔を突き出そうとするのを、越石が手で制する。銃を向けられるかもしれない。

「『御徒町の奴だ』って」

やはり、あの時逃げた連中か。昭和島にいたのも、十中八九こいつらだ。包帯だらけの男は、昭和島で銃創を負わせた奴ではないだろうか。

越石が警察官だと認識している奴はこの中にいるだろうか。昭和島では英語で伝えた直後に銃撃戦になり、御徒町では英語でなく日本語で、しかも「警察だ」と言い終わる前に逃げられた。

ベトナム人たちは話し続け、西田は通訳し続ける。「拳銃を奪いに来たのかって疑っています」

その時、左奥の薄い合板のドアが開き、女が一人出てきた。

誰だかすぐにわかった。アルフヘイムで越石たちに銃を向けて逃げたマイだ。向こうもすぐに越石と西田を認識したらしく、はっとした顔で立ち止まり、ベトナム語で何かを鋭く言った。

「『やばい。警察』って」西田の声が固くなる。

右側にいたズイが越石に向かって駆け出しながら腰の後ろからニューナンブを取り出し、一メートルほどの距離で銃口を向けた。

緊張に、越石の鳩尾がきゅっと引き締まるのを感じた。同時に、またニューナンブかとげんなりする気持ちもあった。いいかげん、食傷気味になっている。

「わかった。落ち着けよ。俺は話を聞きたいだけだ。そんなものを向けると、緊急逮捕しなくちゃならなくなるぞ——西田さん、降りて下さい」

慌ててスチール階段を降りる西田の足音が遠ざかったのを確認してから、再びズイに声を掛ける。

「いいから落ち着いて、それ仕舞え。Put that thing away.」

両手を顔の横に上げ、ゆっくりとズイに近づきながら続ける。

銃を向けられた時に最初に考えるべきことは、相手の心理だ。殺すつもりなら最初から撃っている。銃をただ向けているだけということは、強盗なら金が目当て、そうでなければ、従わせたり追い払ったりするための威嚇。何が目的であっても、相手が求めるものを与えると、こちらが生き延びる率は段違いに高くなる。

しかし、目の前にいるズイは、取り敢えず銃を向けたはいいものの、この後どうしていいかわからないといった様子で、目が泳いでいる。

こういう手合いは、傍で誰かが大声を出したり、何か刺激を受けたりすると反射的に人差し指が収縮し、トリガーを引いてしまうことがある。

「話し合おう」

手を上げたまま、さらにゆっくりと歩み続ける。銃を両手把持したズイはじりじりと後退したが、すぐ後ろのスチールデスクと椅子に動きを阻まれた。

他のベトナム人たちはただ固まって、こちらを凝視している。ただ、ドアの前にいるダットだけは様子が違った。すぐに走り出せる腰の落とし方で、肩を落として両腕を軽く曲げている。

「平和的にいこう」

言い終えるなり越石は、蚊を叩き殺す要領でズイの銃を両側から挟み込み、そのまま素早く頭を下げながら両腕を上げ、銃口を天井に向けた。

オートマチック拳銃の場合、この状態であれば、銃弾が発射されてもスライドが動かないよう握りしめているだけでジャミングを起こし、二発目の発射が不可能になる。しかしニューナンブのようなリボルバーの場合は、発射されるとシリンダーギャップから横に漏れる高圧高温のガスに手を焼かれてしまう。なので、銃をただ挟むだけではなく、起こされているハンマーが落ちないように、相手の手ごとがっちりと握りこむ。

銃のハンマーを押さえる右手の薬指と小指に、微かな動きが伝わってきた。

この野郎、トリガーを引きやがった。

越石はズイの両手を銃ごと右側に捻り、その両腕を左脇と左手上腕部と腿《もも》で挟んで動きを封じた。悲鳴。手首の関節を極《き》めると、銃は簡単に手から離れて床に落ちた。上半身を起こし、左肘で男を後ろに突き飛ばす。女の悲鳴。

ニューナンブを床から拾い上げた時、スチールデスクで跳ね返ったズイがそのままの勢いでこちらに戻ってきた。振り向く時間も惜しいので、左足の後ろ蹴りをズイのへそのあたりに叩き込む。ストマックブローのように胃を押し潰したわけではなく、腸を狙ったので嘔吐《おうと》はない。しかし、表現のしようのない強烈な気持ち悪さを感じているはずだ。悲鳴を上げることも出来ず、ただ喘ぎながら何とも言えない独特な表情を浮かべている。

階下から銃声が聞こえた。くそ、下から先に確認するべきだった。

越石が一瞬階下に気を取られたのを見て、ベトナム人たちが一斉に動こうとした。越石は迷わず、左にいるダットの横の壁に向けてトリガーを引いた。乾いた発射音に、全員の動きが止まる。

「You move, you die. I mean it.」どこまで通じているかわからないが取り敢えず英語で言っておき、後ろ髪を引かれる思いで身を翻すと階段を駆け下りる。

背に腹は代えられない。氷見の援護と西田の安全の確保が優先だ。

薄暗い工場の奥からマズルフラッシュと、一瞬遅れて銃声。ほんのコンマ数秒ではあるが、マズルフラッシュに照らし出された工場の様子を目に焼き付ける。

車両の下側の部品を交換するためか、中古車が四十五度ほど横になった状態で固定されている。そのこちら側に氷見と西田がおり、氷見がＰ２３０で応戦している。

「氷見さん」

越石が奥に顎をしゃくると氷見がその意図を察して頷き、銃を撃ちながら西田を引っ張って別の遮蔽物に移動する。

相手の弾丸に当たらないようにするには、横を向いたり身を低くしたりして被弾面積を小さくするか、動き回るしかない。動くならどこに動くかを瞬間的に判断し、躊躇せず全力で行う。

同じ場所に留《とど》まるのは避ける。しかも銃を撃てばマズルフラッシュや音で居場所がばれてしまうので、こまめに移動して身を隠すことで、相手に考える時間を与えないようにする。

残弾数に余裕があれば、狙いは付けなくても何発か発砲しながら動くのが効果的だ。当たらなくても、近くをかすめていけば、相手は身がすくむ。

西田を逃がす出口を探すため、遮蔽物から遮蔽物に移動する氷見。越石が斜めの車の陰に付き、援護射撃をする。援護射撃は狙って撃つ必要はないが、闇雲に撃つのではなく、相手にこちらを狙わせないようにし、その場に釘付けにするよう計算しなくてはならない。相手の姿が見えなくても、跳弾を利用して相手の居場所近くに弾丸を送りこんだり、鉄などに当てて大きな音を立てたり――つまり、いかに相手が嫌がることをするかを考えると、効果的な援護射撃になる。

相手は、工場の奥まったところにあるフォークリフトの陰から撃ってきている。

越石の銃弾が尽きた。

氷見が、今度は事務所に向けて発砲する。振り向くと、事務所を出ようとしていた男女が慌てて中に引っ込むところだった。

ここからは、氷見の援護は期待出来ない。越石は、車を一台だけ運べるサイズの積載車の陰に移動する。何なのかわからない銀色の設備の前も通ったが、中身が詰まっていなければ遮蔽物にならないので、無視して通り過ぎる。

氷見のマガジン交換の音。

映画だとマガジンは消耗品であるかのようにそこらに捨てていくが、実際は回収して持ち帰る。マガジンの本数で相手にこちらの残弾状況を推測されることを防ぐこと、弾切れを起こした後に何らかの手段で弾丸を調達出来てもマガジンがなければどうしようもないこと、床に落とした衝撃でマガジンが歪んでしまうのを防ぐこと、が理由だ。

越石は丹田に力を込めると、相手のいるところに向けて全力で駆け出した。

走りながら、考える。フォークリフトの陰にいるのは一人だけ。そいつがひっきりなしに撃ってくる。予備の弾丸が潤沢にあって、スピードローダーでも使っているのだろうか。

しかし相手も弾切れを起こしたらしく、頭を引っ込めた。そこに越石がフォークリフトの座席を蹴って宙を舞い、相手の目の前に着地するとその顎に蹴りを入れる。金属の塊がいくつもコンクリートの床に落ちる音が聞こえた。

越石の蹴りは、身体のバランスが悪かったせいで力が入らず、いつもほどの破壊力はなかった。蹴った相手――まだ二十歳《はたち》過ぎくらいのベトナム人の若者――はすぐに立ち直り、ベトナム語で喚きながら、床から拳銃を拾い上げようとする。越石がそれを蹴り飛ばす。若者がさらに床に手を伸ばした時、床に黒いものがいくつも落ちていることに気が付いた。暗さに慣れてきた目に入ったのは、何挺ものニューナンブM60。

ここに隠していたのか。この若者が弾切れを起こさなかったのは、撃ち尽くすたびに銃自体を交換していたからだ。

銃を拾おうとした若者の右手を踏みつけると、今度は左手で別の拳銃を拾い上げて越石に向けようとする。越石はそれを自分の左手で防ぎながら、自分の両脚の間に転がる拳銃を拾い上げ、銃口を若者に向けるとトリガーを引いた。弾丸が入っているかどうかは賭けだったが、この若者が拾おうとしていたのであれば、装塡済みだ。

弾丸は装塡されており、若者の身体に何発も弾頭が刺さる。

事務所のあたりから散発的に聞こえる銃声が気になる。目の前に倒れた若者が動かないのを確認した越石は、壁際に並べて置かれている拳銃をかき集め、一挺一挺、素早くシリンダーをスイングアウトして弾丸の装塡を確かめる。そしてそれらの拳銃をポケットというポケットに突っ込み、ズボンの腰の後ろにも二挺、差し込んだ。

P230の銃声とマズルフラッシュを頼りに、氷見の近くに行く。

氷見は、階段を駆け下りながら銃を撃つダットとズイに応戦していた。

氷見が身を隠すクレーンの横に置かれた車の陰に身を潜めた越石は、氷見に向けて拳銃を二挺、床を滑らせて送り込んだ。

「足りなくなったら、まだありますから」

「助かる」氷見が、開き切ったスライドを戻したP230をホルスターに収めると、ニューナンブを手にした。「久しぶりに持つと重いな、これ」

越石と氷見が階段に向けて撃つ。階段にいると格好の標的になるとわかっているダットとズイは足を止めることなく、身軽な動きで階下に降りると左右に分かれてそれぞれが遮蔽物に身を隠し、隙あらば屋外に通じる鉄扉に向かって駆け出そうとする。それを銃撃で止める越石と氷見。

クレーンの陰に飛び込み、ズイに向かって駆け出そうとした越石の腕を、氷見が掴んだ。

「リズミカルに戦っているつもりかもしれないけど、あんたの動き、隙だらけよ。人間の集中力なんてそんなに続かないんだから、マメに立ち止まって深呼吸しなさい」

「心配してくれるんですね」

「〝暴力担当〟がいなくなったら困るのよ。さ、行け」

平手で尻を叩かれる。

クレーンの陰から出ると、ダットの銃口に身をさらすことになる。越石はその場で身を屈め、鉄扉に向けて駆け出したズイに怒鳴った。

「Police! Stop!」

ズイは越石の声を無視して鉄扉に取り付き、開けようとする。仕方なく、越石はその脚を撃った。ズイはそれでも拳銃を手から放さず、転がり倒れる勢いを借りて床の上から越石に銃口を向ける。

ダットの銃声と氷見の銃声が交錯する。飛び散る火花。ダットの放つ弾丸が跳弾となって、越石の近くに着弾する。

これはまずい。越石は横ざまに飛ぶと、壁ぎわに積み上げられたタイヤの陰に隠れる。しかしここは、ダットからは死角になるがズイからは丸見えの位置。越石を追う、ズイの銃口。越石が連射する。ズイの全身から力が抜けた。

反対側から響く、ダットの悲鳴に近い声。

越石は撃ち尽くした拳銃をタイヤの内側に隠すと、左右の尻ポケットから二挺取り出し、一挺を氷見に投げる。ダットの弾丸が当たったクレーンのアームが立てる大きな音にさっと身を屈めた氷見の代わりに西田が拳銃を受け止めたのでひやりとしたが、銃は暴発することもなく、無事に氷見の手に渡った。

氷見とダットが撃ち合う中、越石は隙を見て階段を駆け上がろうと様子を窺った。今いる位置からダットの前を横切り、何の遮蔽物もない階段を駆け上がるとなると、全身をさらすことになる。

ダットの銃声が途絶えた。

考えている暇はない。「氷見さん！　援護！」それだけ言うと越石は、右手に持ち替えた拳銃をダットの方向に向けて発砲しながら階段へ走った。

一段目に足を掛けるか掛けないかというタイミングでダットが飛び出してくる。声に出したわけではないが、氷見が遠くで息を呑むのがわかった。

弾丸を撃ち尽くしたダットが向かって来る。越石は拳銃を向けた。ダットは速度を緩めず、左手で銃を上から握ると、銃身を越石の左側に捻り、同時に右手で越石の右手首を外側に押し出す。

拳銃は簡単に越石の手から離れ、ダットの手に移った。

この男は、軍隊式の格闘術を身に付けている。

間を置かず蹴りが越石の股間《こかん》に入りかけるが、咄嗟に身体を捻ってかわす。ダットの右足が上がっている間に、その左膝に左足で蹴りを入れる。ダットがバランスを崩し、仰向けに転倒した。起き上がろうとするその鼻を軟骨ごと掌底で押さえ上げて防ぐ。そしてダットが拳銃を握る右手を腕ごと両膝で固定し、さっきやられたように銃全体を握り込んでむしり取る。

もうやめさせてくれ。懇願に近い気持ちだった。これ以上、俺に撃たせるな。

そんな越石の思いが届くわけもなく、ダットは左腰に装着したホルダーからコンバットナイフを抜き出すと、無駄のない動きで越石の脚に向けて突き出してくる。

もし、この攻撃を受けて越石が動きを止めると、次は腹、胸、頸《くび》の順に刺される。

コンバットナイフの切っ先が越石に触れる直前に、越石の掌の中で拳銃が跳ねた。

『え？』というような顔をしたダットが、スローモーションのように仰向けに戻る。勢いよく床に落ちたその手からコンバットナイフが飛び出し、音を立てて床に転がった。

「越石、どけ！」

氷見の怒鳴り声に、反射的にダッシュして斜め向かいの中古車のボンネットの上を滑るようにして反対側に身を隠す。弾丸を撃ち尽くした銃を床に置き、サイドポケットから別の銃を取り出した。弾丸が装塡されている、最後の銃だ。

「諦めて、銃を捨てなさい！」

氷見は階段の上、事務所のドアに銃を向けていた。その先には、ソファにいた包帯男と、その脇から身体を支えるマイ、そしてその反対側には銃を持った別の女。

銃を持った女が、日本語で「もう嫌だ。ベトナムに帰りたい！」と叫ぶ。それは怒声にも泣き声にも聞こえた。

「出来ることはするから、落ち着いて、銃を下ろしなさい」

「日本人、嘘つきばっかり！」

女は耳を貸さず、氷見に向けて発砲する。正確な射撃だった。トリガーを引く前に氷見が咄嗟に頭を引っ込めなかったら、顔面に被弾していただろう。

「氷見さん！　大丈夫ですか⁉」思わず声が出る。

「大丈夫！　あたしがケリ付けるから！」

氷見の答え。その後、声が小さくて聞き取りづらかったが、こう続けた気がした。

「女は女に手加減しないからね」

氷見はクレーンを裏から回り込むように移動すると、アームの付け根のところで拳銃を両手把持して立ち上がった。ここだと、前を向いて仁王立ちになっても、高い場所にいるあの女にさらす被弾面積が最小になる。

氷見の拳銃が火を噴いた。一発、二発、三発――。

女の胸や腹に穴が開き、階段の上でふらつく。反射的に、女はマイの服を掴んだ。そのまま膝から崩れ落ちる。

マイと包帯男の悲鳴が重なった。引っ張られたマイが包帯男から手を放してしまい、バランスを失った包帯男と女性二人がもみくちゃになりながら階段を下まで落ちた。

「おい、大丈夫か⁉」駆け寄る越石。

「越石、気を付けて！」

氷見の声がクレーンの陰から聞こえるが、もう誰も残っていないはずだ。

女の手から離れた拳銃を遠くに蹴り、三人の様子を見る。

包帯男は気を失っているようで、時折身体をひくつかせながら、それでも自発呼吸をしている。

「やばい」マイを見た越石は慌てて包帯男の身体をその上から押しのけた。落下に巻き込まれ、男の下敷きになったマイの首が、あり得ない方向に曲がっている。戻してよいものかどうかわからないが、気道や血管が塞がるといけないので少しだけ動かしてみると、ぐにゃぐにゃと頼りなく、頭の重さがのしかかってくる。

周囲の安全を確認した氷見も加わり、三人の状態を確認する。

気絶している包帯男は、階段の手摺に手錠で繋いでおく。女性は二人とも、脈拍も呼吸も止まっていた。

「マイはまだ可能性が――」

「頸髄損傷《けいずい》で即死」氷見は立ち上がって手を合わせた。「他の連中を見てくる」

氷見が立ち去る。越石は目の前の三人や、自分が撃った二人の男に目を遣った。

顔を見ると、みんな若い。特にマイは、まるで子供のように見える。

あどけない小顔。驚いたように見開かれたままの、大きな目。

ふと、茉莉のことを思い出した。茉莉が成長したらどうなるだろうといつも想像していた顔が、マイの顔に重なる。

心に痛みが走った。マイくらいの年齢になった茉莉が、マイのように傷つき、抗い、戦い、死んでいく様子が脳裏をよぎる。

どうしようもない喪失感が越石を襲う。

茉莉に会いたい、切実にそう思った。

肺の中の空気を出し切ってしまうのではと思うほど、深い溜息。

鉄扉の手前の床に目を遣る。血だまりの中に、ズイの亡骸《なきがら》。

ズイ――ミンと一緒にイチゴ農家で働いている様子が頭に浮かんだ。

越石は背筋を伸ばして立ちあがった。

あたりには、濃い血の臭いが充満している。

その血の主は、日本の治安を脅かす犯罪者ではある。しかし、最初は期待に胸を膨らませ、母国で借金を負ってまで日本に来た若者たちだ。

それが物言わぬ骸《むくろ》となって、薄汚れたコンクリートの床のそこここに転がっている。

お前ら、根っからの犯罪者じゃないだろうに、何でこんなところまで堕ちたんだ？

まっとうに、幸せに生きる方法はなかったのか？

それとも俺が、世の中を知らなすぎるだけなのか？

越石は肩を落とした。


「ねえ、照明のスイッチ、どこかわかる？」

氷見の声に周囲の壁を見回すと、ズイが開けようとしていた鉄扉の横に照明のスイッチ盤が見える。歩み寄り、片っ端からオンにしていくと、天井の照明が近い順に次々と点灯していった。

しばらくして、「他に生存者、なし」と氷見の声が聞こえたので、西田を助け起こす。

壁に近いところに氷見がいるのが見えた。スマートフォンを取り出して緊急通話を掛ける氷見が左手に持っているのは、ここに入って来た時に睨みつけていた布。くしゃくしゃに丸められた服のようだった。

西田はと見ると、床に膝を突き、項垂れている。

「応援、呼んだ。もう遅いけどね」氷見が言いながら電話を切った。

「〝本社〟ですか？」

「そう。千葉県警にも応援要請が入るから、あとは待つだけ」服を元のところに戻す。

「それは？　誰の服ですか？」

「真鍋の。この趣味の悪いネクタイに覚えがある」

「服だけがここにあるってことは……」

「殺《や》られてるね。サツカンってバレたんじゃないの。あとこっちは……」横にある別の服を指差す。「……トゥンのじゃない？　西田さん」

西田が頷きながら嗚咽を漏らした。

「まだ殺されたって決めつけるのは――」

「こういう、マフィアとかチンピラ系の不法ヤードってね、盗難車を捌いたりバラしたり、『族車《ロク》』の車検を通したり、マフィアの車を装甲化したりっていうこと以外にも、いろいろ使い道があるのよ。死体を処分したり」

「廃棄物用のでかいシュレッダーでバラすとか……ですか？」

「そんなことしたら、血と脂ですぐに使い物にならなくなるでしょ。これを使うのよ」氷見が目の前のバスタブのようなものを指差した。「こういう部品洗浄槽に劇薬を入れて、ロクを溶かす」

　部品洗浄槽を覗き込んだ。中は空の状態だが、よく見ると底の方に砂のようなものが溜まっている。

「何か残ってますね」

「骨じゃないかな。ＤＮＡ鑑定しないとね」

　ここに漬けた人体は、どんな状態に……越石は軽く首を振って、頭に浮かんだ、決して愉快ではない想像を打ち消した。

「鑑識と科捜研に任せよう」氷見はそう言うと、西田の背中を軽く叩く。「西田さん、車に戻りましょうか。越石はあのミイラみたいな怪我人を見張っていて。生きてるのは、あいつだけだから」

　越石が頷いて踵を返した時、呻くような声で西田が止めた。

「待ってください」

　氷見と越石が振り返る。

「お話ししなければならないことがあります」

＊

西田の告白は、越石と氷見を驚愕《きょうがく》させるものだった。

かつて池袋署の地域課で勤務していた西田はある日、自分に貸与された拳銃の弾丸が紛失していることに気が付き、大慌てで上司の係長に報告した。

上層部はこれを外部に知られないよう隠蔽し、西田は連日、担当のベテラン捜査員から厳しい取り調べを受けた。

いくら覚えがないと主張しても、全ての言葉の揚げ足を取られ、『嘘を吐いている』『警察を売った』と決めつけられ、『お前が本当のことを言わないのなら、おれたちもお前を守らない』などと一方的な宣言をされ、しまいには『お前は生まれつきの嘘吐きだ』『どういう親にどう育てられたら、こんな人間になるんだ』などと人格攻撃まで始まった。

警察は、真相を解明するのではなく、自分たちが描いた絵図に沿った供述を引き出して、さっさと幕引きをしたいだけだった。

西田は取調室に連日呼び出され、『正直に自白すれば、こっちも可能な限りバックアップする』と言われ、藁にもすがる思いで『自らの不注意で弾丸を紛失した。他警察官による盗難や悪戯《いたずら》ではなく、全ての非は自分にある』と〝自白〟してしまった。

真実が調書に書き留められることはなく、ほぼ取調官の作文に近いものに署名と指印を残す。追い詰められ、精神的な視野狭窄《きょうさく》に陥った西田の、一刻も早く終わらせて楽になりたいという一心の結果だった。

西田を見る周囲の目も冷ややかなまま、送別会が行われることもなく、西田は警察を去った。そして様々な職業を経て現在のＮＰＯ法人の常務理事に収まった。

紛失した弾丸の行方を知ったのは、今年の初めのことだった。

当時の池袋署の同期で、今でも年賀状のやり取りが続いている警察官にある日飲みに誘われ、西田が依願退職したほんの数日後に判明した事実を教えてくれた。

蓋を開けてみると実にお粗末な話で唖然とさせられたのだが、古くなった銃弾を交換する際、担当者が五発少なく配布してしまったというものだった。

こんなくだらないミスで自分は職を追われたのかと、悲しみや怒りよりも呆れる気持ちの方が大きかった。

ただ、問題はそれだけではなかった。弾丸が足りなかったのは西田の拳銃ではなく、先輩警察官のものだったのだ。紛失と思い込んだその先輩は、西田の拳銃から弾丸を抜き、自分のものにした。そしてその後順調に昇進し、ノンキャリア組が到達出来る階級としては実質上トップに近い警視となった。

その警視が、今年の四月に大和中央警察署に署長として着任した大朝だった。

大朝は、書類や口頭報告で西田がいかに嘘つきで、細かな嘘から大きな嘘まで騙《かた》る、信頼のおけない人物かということを上層部にアピールしていた。それだけではなく、西田の同期の警察官たちを飲み屋に連れ出し、先輩としての落胆を演じつつ、西田の〝裏切り行為〟を強調していたという。

西田にその話をした同期は大朝の長年にわたる部下でもあり、署長着任の祝いの席の三次会で、泥酔した大朝がぽろりとこぼした銃弾紛失事件の真相を聞いた。そして、大朝の署長としての初の仕事が、老朽化した拳銃の交換だということも耳にした。

安居酒屋の油じみたテーブル越しに、同期は西田に深々と頭を下げた。

警察が、何も悪くない西田を放り出した。人生を一変させてしまった――警察官として、心からお詫びしたい、と。

帰り道、すっかり酔いが覚めてしまった西田の耳には、酔っ払いの馬鹿笑いも、客引きの声も、入っていなかった。

どこまでお人好しだったのか――西田は自分で自分を殴りつけたい気持ちだった。

うすうす考えつつも目を背けていた現実が目の前に突き出された。組織で上に行くのは、責任を取る人物ではない。責任を他者に押し付ける人物だ。トカゲの尻尾を次々に切り捨て、他者の人生をかき乱すことを顧みずに組織を渡っていける人物が、上に立つ。

激しく乱れる思考の中で、最後に浮かび上がってきたのは『復讐』だった。

移送される警察拳銃を紛失させ、警察の面子《メンツ》を潰し、大朝のキャリアと老後の人生計画を破壊する。

西田は偽名と別人の写真を使い、SNSでダットを雇うと、拳銃移送中の多目的運搬車を襲わせた。

西田の思惑は、強奪した警察拳銃を数日間隠匿し、その後どこかに運搬車ごと放置することで発見させるというものだった。

しかし、西田の計画はダットに利用されてしまった。ダットたちは強奪した銃を持って逃走。そして、四月後半ごろから東京都内で警察拳銃を使った事件や事故が多発。

拳銃を都内に撒いたのがトゥンだということを聞いた時には驚いた。以前、雇用者に取り上げられたパスポートを取り戻したいと西田の団体に相談をしてきた脱走技能実習生。その時に尽力した西田に、後悔と責任感に押し潰されそうになって助けを求めてきたのだ。

まさかトゥンが今はダットのところにいるとは思いもしなかった。

警察に駆け込もうかとも思ったが、過去のトラウマか、警察署の前に立つとどうしても身体がすくんでしまう。それに、過去に自分が無実の罪で警察を放り出された経緯を一般の警察官は知らず、自分がどう扱われるかも不安だった。

悩んだ西田は、仕事で付き合いのある金庫製造会社を通して捜査員に近づき、個人的に協力を持ちかけようと考えた。

そこに引っかかったのが、越石と氷見だった。

＊

自分の蒔《ま》いた種だ、自分で何とかしなければ、という思いが自分を突き動かしていた。

西田は一気にそこまで話すと、深く項垂れた。

「……ダットのことは前から知ってたのね」腕を組み、仁王立ちになった氷見が冷たい声で言う。

「直接会ったのは今日が初めてです。ダットは僕の本当の顔を知りませんでしたが……」

西田が、階段の前に倒れたダットの亡骸を見つめる。

越石がこの話を理解するのには時間がかかった。もしかしたら無意識の防御反応として、理解しないように頭の動きを止めていたのかもしれない。しかし、やがて理性がそのストッパーを外し、ぐしゃぐしゃに乱れた思考が一本の線として繋がった。

怒りなのにもはや怒りではない、怒りが激しすぎて、心の表面が静謐《せいひつ》な水面のように落ち着いている。そんな訳のわからない気持ちだった。

しかし落ち着いているのは水面だけで、その下では北海の荒海のようにいくつもの潮が激しくぶつかり合い、その中にある全てのもの——円の死に顔、拳銃犯罪の被害者の様子、泣き崩れる遺族の姿、拳銃で自殺をした男の遺体写真――をかき回している。

越石は、頭蓋骨《ずがいこつ》の内側、ちょうど眉間の内側にあたるところに、ぴかりと光のようなものを感じた。悪党からはキレキャラとして恐れられているが、人間が本当に『キレる』というのは、こういうことかもしれない。

拳銃を握った腕が勝手に持ち上がる。遠くの方で「越石！　やめろ！」と怒鳴る氷見の声が聞こえるが、それは越石の耳を素通りするだけだった。

無感情に――本当に無感情に、越石はトリガーを引き続けた。他人事《ひとごと》のように遠くで銃声が、それを縫うように氷見の怒鳴り声が響き続ける。

気が付くと、西田が床に倒れていた。腹部や胸部に開いた四つの穴から鮮血が溢れ出し、みるみるうちに白いシャツが深紅に染まる。

その顔に目を遣ると、死を確信した表情の中に、一抹の安堵感が見えた。

ばちん、と氷見の掌が越石の左頬でいい音を立てる。

しばらく呆然としていた越石が、二割ほど我に返った。氷見はその胸ぐらを掴むと、部品洗浄槽の方に数歩下がらせる。

「いい？　あたしの言うことをよく聞いて」

氷見はポケットから取り出したハンカチで、越石の手にある拳銃を、包むように取り上げた。

「西田を撃ったのは、ダット。あんたもダットに撃たれたけど、あたしが撃ち返した。わかった?」

越石が黙っていると、再び左頰に衝撃。一瞬、くらりとする。今度はビンタではなく、腰の入ったグーパンだった。

「わかった⁉」

氷見が、越石から取り上げた拳銃のシリンダーをスイングアウトして残弾を確認する。

「ちゃんと一発残してる。こういうところはクソ真面目だよね、越石って」

シリンダーを元に戻した氷見は、階段に目を走らせた。包帯男がまだ気絶から覚めていないのを確認したのだ。

「越石、今からあんたの横腹を撃つ。かすらせるだけだから安心して」

「何でですか」さらに三割ほど我に返り、慌てて訊ねる。

「ダットに撃たれたことにするのよ。いい?」

氷見はそこらに落ちているウェスを銃に巻き付け、越石の右脇腹を銃弾がかすめる位置に銃口を向ける。ウェスは、越石の着衣に不自然な硝煙反応を残さないための工作だ。

「今から三つ数える。三で撃つから、心の準備をしなさい」

「これは駄目ですよ。他の方法が――」

言葉が途切れた。氷見が、銃口を越石の口にねじ込んだのだ。「うるさいね。ここ、撃ってやろうか?」

再び拳銃を右脇腹の横に当てる。

「いくよ。一――」

二の声を聞く前に、銃声。

弾丸は本当にかすっただけのようで、身体を何かが貫通したという感覚はない。一瞬のショックがあり、それが銃弾の通過によるものだと頭が認識した途端に、熱い何かを押し付けられたような痛みが襲ってきた。

「ね? ちゃんとかすめて撃ったでしょ」

「み、三つ数えるって――」顔をしかめながら抗議する。

「人間って、反射的にかわそうとするから、フェイントをかけたのよ」氷見がすました顔で応えた。「取り敢えずそこらへんに座ってなさい」

脂汗がにじみ出してきた。傷口に手をやると、べたべたした血の感触。急に襲ってきた緊張感とショックに顔から血の気が引くのがわかり、唇あたりから痺《しび》れ出してきた。気分が悪くなってきたので、言われた通り、壁際に何本か積まれたタイヤの上に腰を下ろした。

傷口がますます熱くなり、鼓動と共に疼《うず》き出す。

氷見は手にした拳銃をハンカチできれいに拭き、倒れているダットの右手に握らせて指紋を付ける。

「口裏、合わせておこう。西田を撃ったのはダット。それを止めようとしたあんたの脇腹を、銃弾がかすめた。今度はあんたを狙ったダットを、あたしが撃った」

次にダットの前に行き、ダットが持っていた拳銃を拾い上げる。

「ええと……この銃は別の誰か……あいつが持ってたことにすれば、ここの壁に食い込んだ弾丸の線条痕と辻褄《つじつま》が合うな」

「こんなことして、いいんですか？」

氷見が目論《もくろ》んでいるのは虚偽の報告だ。ここまでやるのか、この人は。

「じゃ、馬鹿正直に全部報告しようか？　休暇中のサツカンが丸腰の一般市民を射殺しました、って。マスコミとネット世論が涎垂《よだれ》らして飛び付くだろうね」

越石は黙り込んだ。

「報告書はあたしが書くから、何を訊かれても『覚えていない』で通しなさい。これがあたしなりの、大事な人の守り方なのよ。他のやり方は知らない」

「俺は――」

「もう！　集中したいんだから話し掛けるな!!」越石に喋る間を与えず、氷見は髪をかき乱しながら喚いた。

遠くから、夥《おびただ》しい量の警察車両のサイレンの音が近づいてきた。じきに、回転灯の光が工場のすりガラス越しに差し込み始める。

その中で氷見は、「あいつが撃ったから、あたしがここから撃ち返して……」とぶつぶつ呟きながら、倒れた死体がそれぞれ握る銃を、指紋を拭いては入れ替えていく。

終章　八月二十五日　越石

「結構な大荷物だね。何が入ってるの？」

スーツケースや旅行鞄を苦労して並べ替え、ようやくトランクを閉めてマークXの助手席に乗り込んできた越石に、氷見が言った。

「娘の身の回りのものとか。ほとんどは別送したんですけど、次々出てくるんですよね」

「秋野から聞いたけど、向こうで保育園見付かったらしいじゃない」

「ええ、ラッキーでした」

氷見がハンドルを握り、車は品川駅に向けて走り出した。

越石は腕時計で時間を確認する。

新神戸駅に向かう新幹線の出発時間までは、まだまだ余裕がある。

＊

千葉での銃撃戦と、そこでさらに二十七挺のニューナンブが回収されたということは大ニュースとなったが、西田に関する警察からの発表はなかった。様々な立場の人物の判断があったらしいが、詳細はわからない。何にしても、銃撃戦のインパクトは強く、西田の死を難なく隠せるほどだった。

現場で生き残った包帯男、ブイ・フオン・ティンは、当初は完全黙秘をしていたが、仲間たちが全員死亡したと知ると意気消沈し、現在は協力的に取り調べに応じている。

強奪された警察拳銃が百四十挺。

そのうち、中国マフィアに売ったのが五十挺。

残り九十挺のうち八十挺を追加で売ることになり、前金として半額受け取った。しかし今回の拳銃取引に直接関わっていなかったせいで前金のことを知らなかったトゥンが六十挺を持ち出し、撒いた。

ダットの手元に残った三十挺は、越石たちが昭和島と千葉で回収している。

トゥンが撒いた拳銃のうち、通報されたり犯罪に使われたりして回収されたのが三十六挺。まだ世間には二十四挺残っている計算になる。

拳銃と共に強奪された弾丸については、千四百発のうち五百三十二発が回収された。どういう配分だったのかはティンにもわからないそうだが、仮に全ての拳銃に五発ずつ詰めたとして七百発。残りを全て銃撃戦や練習で使用したとは考えられないので、別途売り捌こうとしていたか、既に大部分が売られてしまったか――。

＊

「中国マフィアに渡った五十挺も、いつどこで使われるかわからないからね」目の前で赤に変わった信号に舌打ちをした氷見が言う。「とんだ爆弾を抱えちゃったよ。東京も、この国も」

「奴ら、手元には残してないんですか？」

氷見が首を横に振る。警察は四谷三丁目の王天佑のバーに家宅捜索をかけたが、千葉の銃撃戦やダットたちの死に関する知らせをいち早く聞いたのだろう、拳銃どころか違法な物品は何一つ発見出来なかった。

トゥンと真鍋の行方については、氷見の見立てが正しかった。部品洗浄槽の底に少し残っていた砂のようなものはやはり人骨で、苛性ソーダに漬けられたせいでＤＮＡ鑑定が難航したものの、真鍋の方は何とか確認出来た。トゥンの方はかなり困難だが、シャツの襟に付着した垢《あか》からＤＮＡの採取が出来、ティンの証言からも、殺害されたと見て間違いないと思われる。

その他にも洗浄槽からは別の者の人骨の欠片が発見され、科捜研が人物の特定を急ぐとともに、一課はトゥンやダットたちの余罪を追及している。

警視総監により、ここで事態は沈静化したとみなされ、東京都知事は緊急事態宣言を行わないと正式に表明した。新型コロナの時のように、緊急事態宣言によって困窮したりストレスを溜め込んだりする一般人が増えると、その中で拳銃を隠し持っている者が犯罪や自殺に使用するかもしれず、それを避けたいというのが東京都の本音ではある。

「人が、他人に丁寧に接するようになりましたね」

越石は横断歩道に目を遣った。ベビーカーにぶつかりかけた歩きスマホの若い男性が、母親に丁寧に頭を下げて謝っている。

同じ状況を生きる仲間意識か、それとも、目の前の人物が銃を持っているかもしれないという警戒心の裏返しか。

「どうせ、喉元過ぎれば、またギスギスしたいつもの東京に戻るでしょうよ」

氷見の冷笑。

信号が青に変わり、車が動き出す。

「本社の人の動き、どうなってます？」

「監察官室が調査中。日に何度も国家公安委員会に調査報告が上がっているって」

関係者の処分について、下馬評では大和中央署の移送担当部署及び警備部署の責任者、そして大朝署長は懲戒免職。そして第八方面本部長と警視総監、もしかしたら警察庁次長、警察庁長官あたりまでが引責辞任するのではとも囁かれている。

「まあ、幹部総取っ換えだね」

「ずいぶん気軽に言いますね」

「こっちはこっちで、現場でやんなきゃならないことが山ほどあるから、そんなことにかかずらってられない」

「休暇が終わって俺が復帰する頃には、落ち着いていてほしいもんです。まあ、俺の戻るところは麻布署なんで、直接の影響はないでしょうけど」

氷見に顔を向ける。「これでコンビ解消ですね」

千葉の自動車解体工場で、氷見は越石を助けてくれた。しかしそれは警察官として許されない方法によるもので、ある意味で二人は共犯者といえる。同じところでずっと顔を合わせていたくない。

「まだまだ」しかし氷見は越石の言葉を一笑に付した。「送検が済んでも、アホみたいな量の残務整理が残ってるよ」

「あ、そうですよね。でもそれが終わったら――」

「あんたは、本社に異動になる」

「何で……ですか？」氷見がさらっと言ったその言葉に驚く。

「そういう要望が現場捜査員から上の方に行ってるから。上も断れないスジで」

「現場捜査員って、具体的に誰のことですか？」

氷見は前を向いたまま、自分の顔を指差した。

「……」

「割と気に入ってんのよ。越石のこと」

冗談ぽい口調のあと、ドスの利いた声になる。

「あたしから逃げられると思うなよ」

越石は、まるで身体の中を氷混じりの吹雪《ブリザード》が吹き抜けたような、強烈な寒気を覚えた。

しばらくの沈黙の後、氷見が突然訊いた。「円さんのお兄さんには話した？」

「……担当医から話してもらうことにしました。俺が言うと、病状を悪化させかねないからって」

「そう。立ち入った話だけど、入院費だとかはどうするの？」

「当面は、円の生命保険で……俺も将来的には援助することになると思います」

「そうか」

また、沈黙が続いた。

「越石」氷見が再び沈黙を破る。「近いうちに班長から連絡《ラク》が行くと思うけど、前もって伝えておく方がいいと思うから、言う」

「何ですか？」

「通報者の近所の奥さん、お通夜で挙動不審だなと思ったから調べた」

円の通夜の時、越石と目も合わせず、おどおどした様子だった赤城智恵子のことだ。

「拳銃が届いたのは、あんたのところじゃなくて赤城宅だったのよ」

指先がびくりと震えた。

「赤城のところに銃が届いて、どうしようか迷ってたみたい」

認可を持つ者が猟銃や競技用拳銃を扱う場合以外で一般人が拳銃や銃弾を所持すると、それだけで銃刀法違反となる。しかし今回の事件群に関しては特例として、自宅などに銃が届けられても、すぐに警察に知らせれば問題なしという広報が警察によってなされている。しかし、届け出た者の犯罪歴や思想背景、交友関係がチェックされる上に、十指の指紋まで取られるということがSNSで広まり、一般人の協力に足止めをかけている。

氷見がちらりとこちらを見る。越石は軽く頷き、「続けて下さい」と先を促した。

「で、本当に浅はかなんだけど、警察官の奥さんに渡せば何とかなるんじゃないかって思って円さんに預けて、帰ろうとした。円さんもすんなり受け取ったみたい。外の廊下に出た直後、家の中から破裂音のようなものが聞こえた。いじってるうちに暴発でもしたのかって思って慌てて戻ったら――」

氷見は言葉を切り、ひと呼吸した。

「亡くなってたって」

越石の心の中に開いた穴を、冷たい風が吹き抜けたような気がした。憤りや悲しみではない、ただ空《むな》しいだけの感情。

「……赤城さんから、直接聞いたんですか？」

「直接じゃないけど」

「じゃ、どうやって？」

「…………」

氷見の不気味な沈黙。

「いや……」咳払《せきばら》いをする。「今の質問は、忘れてください」

「越石、自分で何かしようと思うなよ。担当のサツカンに任せなさい」

越石は大きく息を吐いた。頭が前に少し動いたが、これが頷きなのかどうかも、自分でわからない。

「赤城智恵子が罪に問われるかはわからない。何もかもが警察にとって初めてのことだから。ただ、本人も打ちひしがれてて、越石と茉莉ちゃんに、そして円さんに、謝りたいってずっと言ってる。トラウマで、その日に着てた服も着られなくなったって」

品川駅で越石を降ろした氷見は見送るでもなく、「じゃ、お疲れ」と言っただけで、さっさと車で走り去ってしまった。

まだ少し鳥肌の残る腕をさすり、荷物を背負い直す。季節外れのサンタクロースのように見えるんじゃないかと思っていたが、コンコースを歩きながらガラスに映る自分の姿を見ると、まるで戦地から引き揚げる敗残兵のようだった。

乗り込んだ新幹線は、茉莉が祐子夫婦と一緒に神戸に行く時に乗ったのと同じ、のぞみ21号。中途半端な時間だが、迷わず予約を入れた。茉莉に同行出来なかった自分の不甲斐《ふがい》なさを忘れないための儀式として、それが必要な気がした。

車内のトイレ横に備え付けられた洗面台の鏡に向かい、微笑《ほほえ》む練習をする。

妹の祐子と昨夜電話で交わした話を思い出した。

『茉莉の様子、どうだ？』

『少しずつだけど、慣れてきてる。友達も出来たみたいで、だんだん関西訛りになってるよ。子供って、覚えるの早いね』電話越しに笑う祐子の声。

『淋しがってないか？』

『うん……。気持ちの浮き沈みが激しいから心配だけど、保育士さんもカウンセラーの先生も、ゆっくり時間をかけていきましょうって』

『……そうか。そうだよな』

『夜になると、ぐずることが多いの。実はさっきもそうで、今は泣き疲れて寝てる』

『やっぱり母親がいないと駄目か』

『何言ってるの。パパに会いたいって泣いてたのよ』

越石は鏡を見ながら、笑顔の練習を続ける。

どれだけ頑張っても、泣き顔にしかならない。

親子間でくだらないDNA鑑定など、必要ない。

誰が何を言っても、何があっても、茉莉は俺の子だ。

茉莉が住む、祐子たちの家の前で荷物を一旦下ろす。

シャツはきちんとインしているか、髪は乱れていないか、汗臭くないか——身なりを確認した越石は、一つ深呼吸をすると、家のチャイムを鳴らす。

ずいぶん久し振りに茉莉に会った気がした。

ためらいなく越石の腕の中に飛び込んできた茉莉を抱え上げながら、玄関の壁に掛けられた姿見に映る自分を見てみる。

きちんと、微笑むことが出来ていた。

本書は、ハルキ文庫の書き下ろし作品です。

ハルキ文庫

か 25-1

ブリザード・フラワー

著者 亀野《かめの》 仁《じん》

2024年5月18日第一刷発行

発行者 角川春樹

発行所 株式会社角川春樹事務所
〒102-0074 東京都千代田区九段南2-1-30 イタリア文化会館

電話 03(3263)5247(編集)
03(3263)5881(営業)

印刷・製本 中央精版印刷株式会社

フォーマット・デザイン 芦澤泰偉
表紙イラストレーション 門坂 流

ISBN978-4-7584-4634-1 C0193 ©2024 Kameno Jin Printed in Japan
http://www.kadokawaharuki.co.jp/[営業]
fanmail@kadokawaharuki.co.jp[編集]　ご意見・ご感想をお寄せください。